现代名家美文经典文库

# 泰戈尔 飞鸟集

[印]泰戈尔 著
郑振铎 译
品悦经典童书馆 选编



CHISO 新疆青少年出版社

图书在版编目（CIP）数据

飞鸟集 /（印）泰戈尔著；郑振铎译；品悦经典童书馆选编. -- 乌鲁木齐：新疆青少年出版社，2021.6（2024.9重印）

（现代名家美文经典文库）

ISBN 978-7-5590-7439-3

Ⅰ. ①飞… Ⅱ. ①泰… ②郑… ③品… Ⅲ. ①诗集—印度—现代 Ⅳ. ①I351.25

中国版本图书馆CIP数据核字（2021）第052397号

飞鸟集

FEINIAO JI

［印］泰戈尔 著　郑振铎 译　品悦经典童书馆 选编

| | |
|---|---|
| 出　版 | 新疆青少年出版社 |
| 社　址 | 乌鲁木齐市北京北路29号 |
| 电　话 | 0991—7833940（编辑部） |
| 发　行 | 新疆青少年出版社营销中心 |
| 经　销 | 各地新华书店 |
| 印　刷 | 三河市金泰源印务有限公司 |
| 法律顾问 | 王冠华 18699089007 |
| 开　本 | 787mm×1092mm 1/16 |
| 印　张 | 13 |
| 版　次 | 2021年6月第1版 |
| 印　次 | 2024年9月第2次印刷 |
| 书　号 | ISBN 978-7-5590-7439-3 |
| 定　价 | 35.00元 |

新疆青少年出版社官网 http://www.qingshao.net

新疆青少年出版社天猫旗舰店 http://xjqss.tmall.com

CHISO 新疆青少年出版社

# 写在前面

翻开这套书时，先来了解一下它们的缔造者吧。不管你之前是不是认识他们，不管你之前有没有听说过他们，现在，马上，或许在一分钟之后，你就能触及他们的心灵……

在你心中，有没有这样一个梦想：成为一名大作家，用文字来充实自己的人生，影响一代又一代的人。那么，你有没有想过，要想成为一个大作家，到底需要什么样的“功力”呢？答案很简单，那就是向文学大师们学习，从他们留下的经典篇章中汲取营养。

每一篇经典文章，都是大师智慧的结晶。有一些你耳熟能详，倒背如流；有一些你闻所未闻，见所未见。不过，每一个灵动的文字，每一句睿智的话语，都是大师留下的一串串脚印，指引你在浩瀚无垠的书海中一步一步向前走，收获最独到的智慧，最奇特的灵感，最真挚的感动……

请记住，他们是——

沉郁雄浑的鲁迅；

睿智幽默的老舍；

温润如玉的胡适；

细腻敏锐的萧红；

泰戈尔

淳朴淡泊的朱自清；

朴实睿智的许地山；

浪漫忧郁的徐志摩；

矜持缄默的林徽因；

唯美忧伤的王尔德；

纯美绚烂的泰戈尔；

……

一个人在一生中，阅读这些经典的文章，不仅可以获得美的享受，还可以汲取其中的思想精华，习得作者的写作技巧。

所以，我们精心撷取了中外现当代百年时光中的一些大师的经典文章，让你们领略阅读之趣、经典之美。这些文章，不光有启迪的色彩，更有智慧的空间，帮助我们积蓄奋斗的力量，汲取改变命运的勇气，找到人生的真谛……

编　者

# 作者简介

泰戈尔（1861—1941），全名拉宾德拉纳特·泰戈尔。印度著名诗人、哲学家。他在1913年成为第一个获得诺贝尔文学奖的亚洲人。

1861年，他出生在印度加尔各答市的一个书香门第。在家人的影响下，他酷爱文学，13岁的时候写了第一部诗剧《普里特比拉吉的失败》，虽没有发表，但已显示出了文学家的潜质。

1878年，他前往英国留学。同年，发表长诗《诗人的故事》和《旅欧书札》。1880年3月，他学成回国，继续从事文学创作活动。他最主要的作品是诗集，他的一生中，共创作过50多部诗集，被尊称为“诗圣”。其诗歌除了意境优美之外，还饱含哲理，令人读后余味无穷。这些诗集中，最著名的要数《飞鸟集》《新月集》《吉檀迦利》等。

他的诗集被翻译成多种文字，在世界范围内引起了强烈反响，获得了普遍的赞扬。1913年，他因英文诗集《吉檀迦利》而获得了本年度诺贝尔文学奖。获奖理由是：“由于他那至为敏锐、清新与优美的诗，这诗出之于高超的技巧，并由于他自己用英文表达出来，使他那充满诗意的思想业已成为西方文学的一部分。”

泰戈尔对中国文学的影响也非常大，他的《飞鸟集》等诗歌很早就被翻译到了中国，他本人也曾数次来到中国，和徐志摩、林徽因等诗人有良好的交往。

# 目录

# 飞 鸟 集

《飞鸟集》是泰戈尔著名的诗集之一。从它诞生的那一刻起，这只精灵的“飞鸟”就飞遍了世界各地，栖息在山间、河流、湖泊和人们的窗前。

夏天的飞鸟，飞到我的窗前唱歌，又飞去了。

秋天的黄叶，它们没有什么可唱，只叹息一声，飞落在那里。

这是《飞鸟集》的第一首诗，它也因为这首诗而得名。《飞鸟集》实际上是诗人内心历程的记录，就像旅途之鸟留下的一串串脚印。

## 一

夏天的飞鸟，飞到我窗前唱歌，又飞去了。

秋天的黄叶，它们没有什么可唱，只叹息一声，飞落在那里。

## 二

世界上的一队小小的漂泊者呀，请留下你们的足印在我的文字里。

## 三

世界对着它的爱人，把它浩瀚的面具揭下了。

它变小了，小如一首歌，小如一回永恒的接吻。

## 四

是“地”的泪点，使她的微笑保持着青春不谢。

## 五

广漠无垠的沙漠热烈地追求着一叶绿草的爱，但她摇摇头，笑起来，飞了开去。

## 六

如果错过了太阳时你流了泪，那么你也要错过群星了。

## 七

跳舞着的流水呀，在你途中的泥沙，要求你的歌声，你的流动呢。你肯挟跛足的泥沙而俱下么？

## 八

她的热切的脸，如夜雨似的，搅扰着我的梦魂。

## 九

有一次，我们梦见大家都是不相识的。

我们醒了，却知道我们原是相亲爱的。

## 十

忧思在我的心里平静下去，正如黄昏在寂静的林中。

## 十一

有些看不见的手指，如懒懒的微飔似的，正在我的心上，奏着潺湲的乐声。

## 十二

“海水呀，你说的是什么？”

“是永恒的疑问。”

“天空呀，你回答的话是什么？”

“是永恒的沉默。”

## 十三

静静地听，我的心呀，听那“世界”的低语，这是他对你的爱的表示呀。

## 十四

创造的神秘，有如夜间的黑暗——是伟大的。而知识的幻影，不过如晨间之雾。

## 十五

不要因为峭壁是高的，而让你的爱情坐在峭壁上。

## 十六

我今晨坐在窗前，“世界”如一个过路的人似的，停留了一会儿，向我点点头又走过去了。

## 十七

这些微飔，是绿叶的簌簌之声呀；他们在我的心里，愉悦地微语着。

## 十八

你看不见你的真相，你所看见的，只是你的影子。

## 十九

主呀，我的那些愿望真是愚傻呀，它们杂在你的歌声中喧叫着呢。

让我只是静听着吧。

二〇

我不能选择那最好的。

是那最好的选择我。

二一

那些把灯背在他们的背上的人，把他们的影子投到他们前面去。

二二

我存在，乃是所谓生命的一个永久的奇迹。

二三

“我们，萧萧的树叶，都有声响回答那暴风雨，但你是谁呢，那样地沉默着？”

“我不过是一朵花。”

## 二四

休息之隶属于工作，正如眼睑之隶属于眼睛。

## 二五

人是一个初生的孩子，他的力量，就是生长的力量。

## 二六

上帝希望我们酬答他的，在于他送给我们的花朵，而不在于太阳和土地。

## 二七

光如一个裸体的孩子，快快活活地在绿叶当中游戏，他不知道人是会欺诈的。

## 二八

啊，美呀，在爱中找你自己吧，不要到你镜子的谄谀中去找呀。

## 二九

我的心冲激着她的波浪在“世界”的海岸上，蘸着眼泪在上边写着她的题记：

“我爱你。”

## 三〇

“月儿呀，你等候什么呢？”

“要致敬意于我必须给他让路的太阳。”

## 三一

绿树长到了我的窗前，仿佛是喑哑的大地发出的渴望的声音。

三二

上帝自己的清晨，在他自己看来也是新奇的。

三三

生命因了“世界”的要求，得到他的资产，因了爱的要求，得到他的价值。

三四

干的河床，并不感谢他的过去。

三五

鸟儿愿为一朵云。

云儿愿为一只鸟。

鸟儿愿为一朵云。

云儿愿为一只鸟。

泰戈尔

## 三六

瀑布歌道:“我得到自由时便有歌声了。”

## 三七

我不能说出这心为什么那样默默地颓丧着。

那小小的需要，他是永不要求，永不知道，永不记着的。

## 三八

妇人，你在料理家事的时候，你的手足歌唱着，正如山间的溪水歌唱着在小石中流过。

## 三九

太阳横过西方的海面时，对着东方，致他的最后的敬礼。

## 四〇

不要因为你自己没有胃口，而去责备你的食物。

## 四一

群树如表示大地的愿望似的，竖趾立着，向天空窥望。

## 四二

你微微地笑着，不同我说什么话，而我觉得，为了这个，我已等待得久了。

## 四三

水里的游鱼是沉默的，陆地上的兽类是喧闹的，空中的飞鸟是歌唱着的；但是人类却兼有了海里的沉默、地上的喧闹，与空中的音乐。

## 四四

“世界”在踌躇之心的琴弦上跑过去，奏出忧郁的乐声。

## 四五

他把他的刀剑当作他的上帝。

当他的刀剑胜利时他自己却失败了。

## 四六

上帝从创造中找到他自己。

## 四七

阴影戴上她的面幕，秘密地，温顺地，用她的沉默的爱的脚步，跟在“光”后边。

## 四八

群星不怕显得像萤火虫那样。

## 四九

谢谢上帝，我不是一个权力的轮子，而是被压在这轮下的活人之一。

## 五〇

心是尖锐的，不是宽博的，它执着在每一点上，却并不活动。

## 五一

你的偶像委散在尘土中，这可证明上帝的尘土比你的偶像还伟大。

## 五二

人在他的历史中表现不出他自己，他在历史中奋斗着露出头角。

## 五三

玻璃灯因为瓦灯叫他做表兄而责备瓦灯，但当明月出来时，玻璃灯却温和地微笑着，叫明月为——“我亲爱的，亲爱的姊姊”。

## 五四

我们如海鸥之与波涛相遇似的，遇见了，走近了。海鸥飞去，波涛滚滚地流开，我们也分别了。

## 五五

日间的工作完了，于是我像一只拖在海滩上的小船，静静地听着晚潮跳舞的乐声。

## 五六

我们的生命是天赋的，我们唯有献出生命，才能得到生命。

## 五七

当我们是大为谦卑的时候，便是我们最近于伟大的时候。

## 五八

麻雀看见孔雀负担着它的翎尾，替它担忧。

## 五九

决不害怕刹那——永恒之声这样地唱着。

## 六〇

飓风于无路之中寻求最短之路，又突然地在“无何有之国”终止它的寻求了。

## 六一

在我自己的杯中，饮了我的酒吧，朋友。

一倒在别人的杯里，这酒的腾跳的泡沫便要消失了。

## 六二

“完全”为了对“不全”的爱，把自己装饰得美丽。

## 六三

上帝对人说道：“我医治你，所以要伤害你，我爱你，所以要惩罚你。”

## 六四

谢谢火焰给你光明，但是不要忘了那执灯的人，他是坚忍地站在黑暗当中呢。

## 六五

小草呀，你的足步虽小，但是你拥有你足下的土地。

## 六六

幼花开放了它的蓓蕾，叫道：“亲爱的世界呀，请不要萎谢了。”

## 六七

上帝对于大帝国会生厌，却决不会厌恶那小小的花朵。

## 六八

错误经不起失败，但是真理却不怕失败。

## 六九

瀑布歌道："虽然渴者只要少许的水便够了，我却很快活地给予了我全部的水。"

## 七〇

把那些花朵抛掷上去的那一阵子无休无止的狂欢大喜的劲儿，其源泉是在哪里呢？

## 七一

樵夫的斧头，问树要斧柄。

树便给了他。

## 七二

这寡独的黄昏，幕着雾与雨，我在我心的孤寂里，感觉到它的叹息了。

## 七三

贞操是从丰富的爱情中生出来的资产。

## 七四

雾，像爱情一样，在山峰的心上游戏，生出种种美丽的变幻。

## 七五

我们把世界看错了，反说他欺骗我们。

## 七六

诗人的风，正出经海洋和森林，求它自己的歌声。

## 七七

每一个孩子生出时所带的神示说：上帝对于人尚未灰心失望呢。

## 七八

绿草求她地上的伴侣。

树木求他天空的寂寞。

## 七九

人对他自己建筑起堤防来。

## 八〇

我的朋友，你的语声飘荡在我的心里，像那海水的低吟之声，绕缭在静听着的松林之间。

## 八一

这个不可见的黑暗之火焰，以繁星为其火花的，到底是什么呢？

## 八二

使生如夏花之绚烂，死如秋叶之静美。

## 八三

那想做好人的，在门外敲着门；那爱人的，看见门敞开着。

## 八四

在死的时候，众多合而为一，在生的时候，这“一”化而为众多。

上帝死了的时候，宗教便将合而为一。

## 八五

艺术家是自然的情人，所以他是自然的奴隶，也是自然的主人。

## 八六

“你离我有多少远呢，果实呀？”

“我是藏在你的心里呢，花呀。”

## 八七

这个渴望是为了那个在黑夜里感觉得到、在大白天里却看不见的。

## 八八

露珠对湖水说道："你，是在荷叶下面的大露珠，我是在荷叶上面的较小的露珠。"

## 八九

刀鞘保护刀的锋利，它自己则满足于它的迟钝。

## 九〇

在黑暗中"一"视若一体，在光亮中，"一"便视若众多。

## 九一

大地借助于绿草，显出她自己的殷勤好客。

## 九二

绿叶的生与死乃是旋风的急骤的旋转，它的更广大的旋转的圈子乃是在天上繁星之间徐缓的转动。

## 九三

权威对世界说道："你是我的。"

世界便把权威囚禁在她的宝座下面。

爱情对世界说道："我是你的。"

世界便给予爱情以在她屋内来往的自由。

## 九四

浓雾仿佛是大地的愿望。

它藏起了太阳，而太阳乃是她所呼求的。

## 九五

安静些吧，我的心，这些大树都是祈祷者呀。

## 九六

瞬刻的喧声，讥笑着永恒的音乐。

## 九七

我想起了浮泛在生与爱与死的川流上的许多别的时代，以及这些时代之被遗忘，我便感觉到离开尘世的自由了。

## 九八

我灵魂里的忧郁就是她的新妇的面纱。

这面纱等候着在夜间卸去。

## 九九

死之印记给生的钱币以价值，使它能够用生命来购买那真正的宝物。

## 一〇〇

白云谦逊地站在天之一隅。

晨光给他戴上了霞彩。

## 一〇一

尘土受到损辱，却以她的花朵来报答。

## 一〇二

只管走过去，不必逗留着去采了花朵来保存，因为一路上，花朵自会继续开放的。

## 一〇三

根是地下的枝。

枝是空中的根。

## 一〇四

远远去了的夏之音乐，翱翔于秋间，寻求它的旧垒。

## 一〇五

不要从你自己的袋里掏出勋绩借给你的朋友，这是污辱他的。

## 一〇六

无名的日子的感触，攀缘在我的心上，正像那绿色的苔藓，攀缘在老树的周身。

## 一〇七

回声嘲笑着她的原声，以证明她是原声。

## 一〇八

当富贵利达的人夸说他得到上帝的特别恩惠时，上帝却羞了。

## 一〇九

我投射我自己的影子在我的路上，因为我有一盏还没有燃点起来的明灯。

## 一一〇

人走进喧哗的群众里去，为的是要淹没他自己的沉默的呼号。

一一一

终止于衰竭的是“死亡”，但“圆满”却终止于无穷。

一一二

太阳穿一件朴素的光衣。白云却披了灿烂的裙裾。

一一三

山峰如群儿之喧嚷，举起他们的双臂，想去捉天上的星星。

一一四

道路虽然拥挤，却是寂寞的，因为它是不被爱的。

一一五

权威以它的恶行自夸；落下的黄叶与浮游过的云

片都在笑它。

## 一一六

今天大地在太阳光里向我营营哼鸣，像一个织着布的妇人，用一种已经被忘却的语言，哼着一些古代歌曲。

## 一一七

绿草是无愧于它所生长的伟大世界的。

## 一一八

梦是一个一定要谈话的妻子。

睡眠是一个默默地忍受的丈夫。

一一九

夜与逝去的日子接吻，轻轻地在耳旁说道："我是死，是你的母亲。我就要给你以新的生命。"

一二〇

黑夜呀，我感觉得到你的美了，你的美如一个可爱的妇人，当她把灯灭了的时候。

一二一

我把在那些已逝去的世界上的繁荣带到我的世界上来。

一二二

亲爱的朋友呀，当我静听着海涛时，我有好几次在暮色深沉的黄昏里，在这个海岸上，感到你的伟大思想的沉默了。

## 一二三

鸟以为把鱼举在空中是一种慈善的举动。

## 一二四

夜对太阳说道："在月亮中，你送了你的情书给我。"

"我已在绿草上留下我的流着泪点的回答了。"

## 一二五

伟人是一个天生的孩子，当他死时，他把他的伟大的孩提时代给了世界。

## 一二六

不是槌的打击，乃是水的载歌载舞，使鹅卵石臻于完美。

## 一二七

蜜蜂从花中啜蜜，离开时嘤嘤地道谢。

浮夸的蝴蝶却相信花是应该向他道谢的。

## 一二八

如果你不等待着要说出完全的真理，那么把话说出来是很容易的。

## 一二九

“可能”问“不可能”道：

“你住在什么地方呢？”

它回答道：“在那无能为力者的梦境里。”

一三〇

如果你把所有的错误都关在门外时，真理也要被关在外面了。

一三一

我听见有些东西在我心的忧闷后面萧萧作响——我不能看见它们。

一三二

闲暇在动作时便是工作。

静止的海水荡动时便成波涛。

一三三

绿叶恋爱时便成了花。

花崇拜时便成了果实。

## 一三四

埋在地下的树根使树枝产生果实，却并不要求什么报酬。

## 一三五

阴雨的黄昏，风不休地吹着。

我看着摇曳的树枝，想念着万物的伟大。

## 一三六

子夜的风雨，如一个巨大的孩子，在不得时宜的黑夜里醒来，开始游戏和喊叫起来了。

## 一三七

海呀，你这暴风雨的孤寂的新妇呀，你虽掀起波浪追随你的情人，但是无用呀。

## 一三八

文字对工作说道：“我惭愧我的空虚。”

工作对文字说道：“当我看见你时，我便知道我是怎样的贫乏了。”

## 一三九

时间是变化的财富，但时钟在它的游戏文章里却使它只不过是变化而没有财富。

## 一四〇

真理穿了衣裳，觉得事实太拘束了。

在想象中，她却转动得很舒畅。

## 一四一

当我到这里、到那里地旅行着时，路呀，我厌倦了你了，但是现在，当你引导我到各处去时，我便爱上你，与你结婚了。

**一四二**

让我设想，在群星之中，有一粒星是指导着我的生命通过不可知的黑暗的。

**一四三**

妇人，你用了你美丽的手指，触着我的器具，秩序便如音乐似的生出来了。

**一四四**

一个忧郁的声音，筑巢于逝水似的年华中。

它在夜里向我唱道——“我爱你。”

## 一四五

燃着的火，以他的熊熊之光焰禁止我走近他。

把我从潜藏在灰中的余烬里救出来吧。

## 一四六

我有群星在天上，

但是，唉，我屋里的小灯却没有点亮。

## 一四七

死文字的尘土沾着你。

用沉默去洗净你的灵魂吧。

## 一四八

生命里留了许多罅隙，从中送来了死之忧郁的音乐。

## 一四九

世界已在早晨敞开了它的光明之心。

出来吧，我的心，带了你的爱去与它相会。

## 一五〇

我的思想随着这些闪耀的绿叶而闪耀着，我的心灵接触着这日光也唱了起来；我的生命因为偕了万物一同浮泛在空间的蔚蓝，时间的墨黑中，正在快乐着呢。

## 一五一

上帝的巨大的威权是在柔和的微飔里，而不在狂风暴雨之中。

## 一五二

在梦中，一切事都散漫着，都压着我，但这不过是一个梦呀。当我醒来时，我便将觉得这些事都已聚集在你那里，我也便将自由了。

## 一五三

落日问道：“有谁在继续我的职务呢？”

瓦灯说道：“我要尽我力之所能的做去，我的主人。”

## 一五四

采着花瓣时，得不到花的美丽。

## 一五五

沉默蕴蓄着语声，正如鸟巢拥围着睡鸟。

## 一五六

大的不怕与小的同游。

居中的却远而避之。

## 一五七

夜秘密地把花开放了，却让那白日去领受谢词。

## 一五八

权力认为牺牲者的痛苦是忘恩负义。

## 一五九

当我们以我们的充实为乐时，那么，我们便能很快乐地跟我们的果实分手了。

## 一六〇

雨点与大地接吻，微语道——“我们是你的思家的孩子，母亲，现在从天上回到你这里来了。”

一六一

蛛网好像要捉露点，却捉住了苍蝇。

一六二

爱情呀，当你手里拿着点亮了的痛苦之灯走来时，我能够看见你的脸，而且以你为幸福。

一六三

萤火对天上的星道："学者说你的光明，总有一天会消灭的。"

天上的星不回答他。

一六四

在黄昏的微光里，有那清晨的鸟儿来到我的沉默的鸟巢里。

## 一六五

思想掠过我的心上，如一群野鸭飞过天空。

我听见它们的鼓翼之声了。

## 一六六

沟洫（xù）总喜欢想：河流的存在，是专为着供给它水流的。

## 一六七

世界以它的痛苦同我接吻，而要求歌声做报酬。

## 一六八

压迫着我的，到底是我的想要外出的灵魂呢，还是那世界的灵魂，敲着我心的门，想要进来呢？

## 一六九

思想以它自己的言语喂养它自己，而成长起来。

## 一七〇

我把我的心之碗轻轻浸入这沉默的时刻中；它充满了爱了。

## 一七一

或者你在做着工作，或者你没有。

当你不得不说："让我们做些事吧！"那么就要开始胡闹了。

## 一七二

向日葵羞于把无名的花朵看作她的同胞。

太阳升上来了，向它微笑，道："你好么，我的宝贝儿？”

## 一七三

“谁如命运似的推着我向前走呢？”

“那是我自己，在身背后大跨步走着。”

## 一七四

云把水倒在河的水杯里，它们自己却藏在远山之中。

## 一七五

我一路走去，从我的水瓶中漏出水来。

只留着极少极少的水供我家里用。

## 一七六

杯中的水是光辉的；海中的水却是黑色的。

小理可以用文字来说清楚；大理却只有沉默。

## 一七七

你的微笑是你自己田园里的花，你的谈吐是你自己山上的松林的萧萧，但是你的心呀，却是那个女人，那个我们全都认识的女人。

## 一七八

我把小小的礼物留给我所爱的人——大的礼物却留给一切的人。

## 一七九

妇人呀，你用你的眼泪的深邃包绕着世界的心，正如大海包绕着大地。

一八〇

太阳以微笑向我问候。

雨，它的忧闷的姊姊，向我的心谈话。

一八一

我的书间之花，落下它那被遗忘的花瓣。

在黄昏中，这花成熟为一颗记忆的金果。

一八二

我像那夜间之路，正静悄悄地听着记忆的足音。

一八三

黄昏的天空，在我看来，像一扇窗户，一盏灯火，灯火背后的一次等待。

我的书间之花，落下它那被遗忘的花瓣。

在黄昏中，这花成熟为一颗记忆的金果。

泰戈尔

## 一八四

太忙于做好事的人，反而找不到时间去做好事。

## 一八五

我是秋云，空空地不载着雨水，但在成熟的稻田中，看见了我的充实。

## 一八六

他们嫉妒，他们残杀，人反而称赞他们。

然而上帝却害了羞，匆匆地把他的记忆埋藏在绿草下面。

## 一八七

脚趾乃舍弃了其过去的手指。

## 一八八

黑暗向光明旅行，但是盲者却向死亡旅行。

## 一八九

小狗疑心大宇宙阴谋篡夺它的位置。

## 一九〇

静静地坐吧，我的心，不要扬起你的尘土。

让世界自己寻路向你走来。

## 一九一

弓在箭要射出之前，低声对箭说道——“你的自由是我的。”

## 一九二

妇人，在你的笑声里有着生命之泉的音乐。

## 一九三

全是理智的心，恰如一柄全是锋刃的刀。

叫使用它的人手上流血。

## 一九四

上帝爱人间的灯光甚于他自己的大星。

## 一九五

这世界乃是为美之音乐所驯服了的、狂风骤雨的世界。

## 一九六

夕照中的云彩向太阳说道："我的心经了你的接吻，便似金的宝箱了。"

## 一九七

接触着，你许会杀害；远离着，你许会占有。

## 一九八

蟋蟀的唧唧，夜雨的淅沥，从黑暗中传到我的耳边，好似我已逝的少年时代沙沙地来到我梦境中。

## 一九九

花朵向失落了它所有的星辰的曙天叫道："我的露点全失落了。"

## 二〇〇

燃烧着的木块，熊熊地生出火光，叫道——“这是我的花朵，我的死亡。”

## 二〇一

黄蜂以邻蜂储蜜之巢为太小。

它的邻人要它去建筑一个更小的。

## 二〇二

河岸向河流说道：“我不能留住你的波浪。”

“让我保存你的足印在我心里吧。”

## 二〇三

白日以这小小地球的喧扰，淹没了整个宇宙的沉默。

## 二〇四

歌声在空中感到无限，图画在地上感到无限，诗呢，无论在空中、在地上都是如此；

因为诗的词句含有能走动的意义与能飞翔的音乐。

## 二〇五

太阳在西方落下时，它的早晨的东方已静悄悄地站在它面前。

## 二〇六

让我不要错误地把自己放在我的世界里而使它反对我。

## 二〇七

荣誉羞着我，因为我暗地里求着它。

## 二〇八

当我没有什么事做时，便让我不做什么事，不受骚扰地沉入安静深处吧，一如那海水沉默时海边的暮色。

## 二〇九

少女呀，你的纯朴，如湖水之碧，表现出你的真理之深邃。

## 二一〇

最好的东西不是独来的。

他伴了所有的东西同来。

## 二一一

上帝的右手是慈爱的，但是他的左手却可怕。

## 二一二

我的晚色从陌生的树木中走来，它用我的晓星所不懂得的语言说话。

## 二一三

夜之黑暗是一只口袋，盛满了发出黎明的金光的口袋。

## 二一四

我们的欲望，把彩虹的颜色，借给那只不过是云雾的人生。

## 二一五

上帝等待着要从人的手上把他自己的花朵作为礼

物赢得回去。

## 二一六

我的忧思缠绕着我，要问我它们自己的名字。

## 二一七

果实的事业是尊贵的，花的事业是甜美的，但是让我做叶的事业罢，叶是谦逊地专心地垂着绿荫的。

## 二一八

我的心向着阑珊的风，张了帆，要到无论何处的荫凉之岛去。

## 二一九

独夫们是凶暴的，但人民是善良的。

二二〇

把我当作你的杯吧，让我为了你，而且为了你的人而盛满了水吧。

二二一

狂风暴雨像是那因他的爱情被大地所拒绝而在痛苦中的天神的哭声。

二二二

世界不会裂开，因为死亡并不是一个罅隙。

二二三

生命因为付出了爱情，而更为富足。

## 二二四

我的朋友，你伟大的心闪射出东方朝阳的光芒，正如黎明中一个积雪的孤峰。

## 二二五

死之流泉，使生的止水跳跃。

## 二二六

那些有一切东西而没有您的人，我的上帝，在讥笑着那些没有别的东西而只有您的人呢。

## 二二七

生命的运动在它自己的音乐里得到它的休息。

## 二二八

踢足只能从地上扬起灰尘而不能得到收获。

## 二二九

我们的名字，便是夜里海波上发出的光，痕迹也不留地就泯灭了。

## 二三〇

让睁眼看着玫瑰花的人也看看它的刺。

## 二三一

鸟翼上系上了黄金，这鸟便永不能再在天上翱翔了。

## 二三二

我们地方的荷花又在这里陌生的水上开了花，放出同样的清香，只是名字换了。

## 二三三

在心的远景里，那相隔的距离显得更广阔了。

## 二三四

月儿把她的光明遍照在天上，却留着她的黑斑给她自己。

## 二三五

不要说：“这是早晨了。”别用一个“昨天”的名词把它打发掉。把它当作第一次看到的还没有名字的新生孩子吧。

## 二三六

青烟对天空夸口，灰烬对大地夸口，都以为它们是火的兄弟。

## 二三七

雨点向茉莉花微语道：“把我永久地留在你的心里吧。”

茉莉花叹息了一声，落在地上了。

## 二三八

懊怯的思想呀，不要怕我。

我是一个诗人。

## 二三九

我的心在朦胧的沉默里，似充满了蟋蟀的鸣

声——那灰色的微明的歌声。

## 二四〇

爆竹呀，你对于群星的侮蔑，又跟了你自己回到地上来了。

## 二四一

你曾经带领着我，穿过我的白天的拥挤不堪的旅行，而到达了我的黄昏的孤寂之境。

在通宵的寂静里，我等待着它的意义。

## 二四二

我们的生命就似渡过一个大海，我们都相聚在这个狭小的舟中。

死时，我们便到了岸，各往各的世界去了。

二四三

真理之川从他的错误之沟渠中流过。

二四四

今天我的心是在想家了，在想着那跨过时间之海的那一个甜蜜的时候。

二四五

鸟的歌声是曙光从大地反响过去的回声。

二四六

晨光问毛茛道：“你是骄傲得不肯和我接吻么？”

二四七

小花问道：“我要怎样地对你唱，怎样地崇拜你呢，太阳呀？”

太阳答道：“只要用你的纯洁的简朴的沉默。”

## 二四八

当人是兽时，他比兽还坏。

## 二四九

黑云受光的接吻时便变成天上的花朵。

## 二五〇

不要让刀锋讥笑它柄子的拙钝。

## 二五一

夜的沉默，如一个深深的灯盏，银河便是它燃着的灯光。

## 二五二

死像大海的无垠的歌声，日夜冲击着生命的光明岛的四周。

## 二五三

花瓣似的山峰在饮着日光，这山岂不像一朵花吗？

## 二五四

“真实”的含义被误解、轻重被倒置，那就成了“不真实”。

## 二五五

我的心呀，从世界的流动中找你的美吧，正如那小船得到风与水的优美似的。

我的心呀，从世界的流动中，找你的美吧。正如那小船得到风与水的优美似的。

泰戈尔

## 二五六

眼不以能视来骄人，却以它们的眼镜来骄人。

## 二五七

我住在我的这个小小世界里，生怕使它再缩小一丁点儿了。把我抬举到您的世界里去吧，让我有高高兴兴地失去我的一切的自由。

## 二五八

虚伪永远不能凭借它生长在权力中而变成真实。

## 二五九

我的心，同着它的歌的拍子拍舐岸的波浪，渴望着要抚爱这个阳光熙和的绿色世界。

二六〇

道旁的草，爱那天上的星吧，那么，你的梦境便可在花朵里实现了。

二六一

让你的音乐如一柄利刃，直刺入市井喧扰的心中吧。

二六二

这树的颤动之叶，触动着我的心，像一个婴儿的手指。

二六三

小花睡在尘土里。

它寻求蛱蝶走的道路。

## 二六四

我是在道路纵横的世界上。

夜来了。打开您的门吧，家之世界啊。

## 二六五

我已经唱过了您的白天的歌。

在黄昏时候，让我拿着您的灯走过风雨飘摇的道路吧。

## 二六六

我不要求你进我的屋里。

你且到我无量的孤寂里吧，我的爱人！

## 二六七

死之隶属于生命，正与出生一样。

举足是在走路，正如放下足也是在走路。

## 二六八

我已经学会了你在花与阳光里微语的意义——再教我明白你在苦与死中所说的话吧。

## 二六九

夜的花朵来晚了，当早晨吻着她时，她战栗着，叹息了一声，萎落在地上了。

## 二七〇

从万物的愁苦中，我听见了“永恒母亲”的呻吟。

## 二七一

大地呀，我到你岸上时是一个陌生人，住在你屋内时是一个宾客，离开你的门时是一个朋友。

## 二七二

当我去时，让我的思想到你那里来，如那夕阳的余光，映在沉默的星天的边上。

## 二七三

在我的心头燃点起那休憩的黄昏星吧，然后让黑夜向我微语着爱情。

## 二七四

我是一个在黑暗中的孩子。

我从夜的被单里向你伸出我的双手，母亲。

## 二七五

白天的工作完了。把我的脸掩藏在您的臂间吧，母亲。让我做梦。

## 二七六

集会时的灯光，点了很久，会散时，灯便立刻灭了。

## 二七七

当我死时，世界呀，请在你的沉默中，替我留着“我已经爱过了”这句话吧。

## 二七八

我们在热爱世界时便生活在这世界上。

## 二七九

让死者有那不朽的名，但让生者有那不朽的爱。

## 二八〇

我看见你，像那半醒的婴孩在黎明的微光里看见他的母亲，于是微笑而又睡去了。

## 二八一

我将死了又死，以明白生是无穷无竭的。

## 二八二

当我和拥挤的人群一同在路上走过时，我看见您从阳台上送过来的微笑，我歌唱着，忘却了所有的喧哗。

## 二八三

爱就是充实了的生命，正如盛满了酒的酒杯。

## 二八四

他们点了他们自己的灯，在他们的寺院内，吟唱他们自己的话语。

但是小鸟们却在你的晨光中，唱着你的名字——因为你的名字便是快乐。

## 二八五

领我到您的沉寂的中心，使我的心充满了歌吧。

## 二八六

让那些选择了他们自己的焰火咝咝的世界的，就生活在那里吧。

我的心渴望着您的繁星，我的上帝。

## 二八七

爱的痛苦环绕着我的一生，像汹涌的大海似的唱着，而爱的快乐却像鸟儿们在花林里似的唱着。

## 二八八

假如您愿意，您就熄了灯吧。

我将明白您的黑暗，而且将喜爱它。

## 二八九

当我在那日子的终了，站在您的面前时，您将看见我的伤疤，而知道我有我的许多创伤，但也有我的医治的法儿。

## 二九〇

总有一天，我要在别的世界的晨光里对你唱道："我以前在地球的光里，在人的爱里，已经见过你了。"

## 二九一

从别的日子里飘浮到我的生命里的黑云，不再落下雨点或引起风暴了，却只给予我的夕阳的天空以色彩。

## 二九二

真理引起了反对它自己的狂风骤雨，那场风雨吹散了真理的广播的种子。

## 二九三

昨夜的风雨给今日的早晨戴上了金色的和平。

## 二九四

真理仿佛带了它的结论而来；而那结论却产生了它的第二个。

## 二九五

他是有福的，因为他的名望并没有比他的真实更光亮。

## 二九六

您的名字的甜蜜充溢着我的心，而我忘掉了我自己的——就像您的早晨的太阳升起时，那大雾便消失了。

## 二九七

静悄悄的黑夜具有母亲的美丽，而吵闹的白天具有孩子的美。

## 二九八

当人微笑时，世界爱了他。当他大笑时，世界便怕他了。

## 二九九

上帝等待着人在智慧中重新获得童年。

## 三〇〇

让我感到这个世界乃是您的爱的成形吧，那么，我的爱将帮助着它。

## 三〇一

您的太阳光对着我的心头的冬天微笑着，从来不怀疑它的春天的花朵。

### 三〇二

上帝在他的爱里吻着“有涯”，而人却吻着“无涯”。

### 三〇三

您横越过不毛之年的沙漠而到达了圆满的时刻。

### 三〇四

上帝的静默使人的思想成熟而为语言。

### 三〇五

“永恒的旅客”呀，你可以在我的歌中找到你的足迹。

### 三〇六

让我不至于羞辱您吧，父亲，您在您的孩子们身上显现出您的光荣。

## 三〇七

这一天是不快活的，光在蹙额的云下，如一个被打的儿童，在灰白的脸上留着泪痕，风又叫号着似一个受伤的世界的哭声。但是我知道我正跋涉着去会我的朋友。

## 三〇八

今天晚上棕榈叶在嚓嚓地作响，海上有大浪，满月啊，就像世界在心脉悸跳。从什么不可知的天空，您在您的沉默里带来了爱的痛苦的秘密？

## 三〇九

我梦见了一颗星，一个光明的岛屿，我将在那里出生，而在它的快速的闲暇的深处，我的生命将成熟它的事业，像在秋天的阳光之下的稻田。

## 三一〇

雨中的湿土的气息，就像从渺小的无声的群众那里来的一阵子巨大的赞美歌声。

## 三一一

说爱情会失去的那句话，乃是我们不能够当作真理来接受的一个事实。

## 三一二

我们将有一天会明白，死永远不能够夺去我们的灵魂所获得的东西，因为她所获得的，和她自己是一体。

## 三一三

上帝在我的黄昏的微光中，带着花到我这里来。这些花都是我过去之时的，在他的花篮中，还保存得很新鲜。

### 三一四

主呀，当我的生之琴弦都已调得谐和时，你的手的一弹一奏，都可以发出爱的乐声来。

### 三一五

让我真真实实地活着吧，我的上帝，这样，死对于我也就成了真实的了。

### 三一六

人类的历史很忍耐地在等待着被侮辱者的胜利。

### 三一七

我这一刻感到你的眼光正落在我的心上，像那早晨阳光中的沉默落在已收获的孤寂的田野上一样。

## 三一八

我渴望着歌的岛屿立在这喧哗的波涛起伏的海中。

## 三一九

夜的序曲是开始于夕阳西下的音乐，开始于它难以形容的黑暗的庄严的赞歌。

## 三二〇

我攀登上高峰，发现在名誉的荒芜不毛的高处，简直找不到遮身之地。我的导引者啊，领导着我在光明逝去之前，进到沉静的山谷里去吧，在那里，生的收获成熟为黄金的智慧。

三二一

在这个黄昏的朦胧里，好些东西看来都有些幻相——尖塔的底层在黑暗里消失了，树顶像墨水的斑点似的。我将等待着黎明，而当我醒来的时候，就会看到在光明里的您的城市。

三二二

我曾经受苦过，曾经失望过，曾经体会过“死亡”，于是我以我在这伟大的世界里为乐。

三二三

在我的一生里，也有贫乏和沉默的地域。它们是我忙碌的日子得到日光与空气的几片空旷之地。

## 三二四

我的未完成的过去，从后边缠绕到我身上，使我难于死去，请从它那里释放了我吧。

## 三二五

“我相信你的爱。”让这句话做我的最后的话。

# 新月集

《新月集》也是泰戈尔最具代表性的散文诗集。诗中作者把儿童比作新月，孩子就像新月那样，纯洁而明净，充满朝气和活力。

诗歌生动描绘了孩子们的游戏，巧妙表达了孩子的内心世界，给我们展现了一个生动活泼的孩童世界。

泰戈尔在《新月集》中，充分发挥了丰富的想象。比如在描述孩子失眠的《偷睡眠者》这首诗中写道："……就在这个时候，偷睡眠者跑来从孩子的两眼里捉住睡眠，便飞去了……"

读完整部诗集，你会领略到许许多多新奇而梦幻般的想象语言，与其说这是一部诗集，倒不如说这是一部童话集。

## 家 庭

我独自在横跨过田地的路上走着，夕阳像一个守财奴似的，正藏起它的最后的金子。

白昼更加深沉地投入黑暗之中，那已经收割了的孤寂的田地，默默地躺在那里。

天空里突然升起了一个男孩子的尖锐的歌声。他穿过看不见的黑暗，留下他的歌声的辙痕跨过黄昏的静谧。

他的乡村的家坐落在荒凉的边上，在甘蔗田的后面，躲藏在香蕉树、瘦长的槟榔树、椰子树和深绿色的贾克果树的阴影里。

我在星光下独自走着的路上停留了一会，我看见黑沉沉的大地展开在我的面前，用她的手臂拥抱着无量数的家庭，在那些家庭里有着摇篮和床铺，母亲们的心和夜晚的灯，还有年轻轻的生命，他们满心欢乐，却浑然不知这样的欢乐对于世界的价值。

## 孩童之道

只要孩子愿意，他此刻便可飞上天去。

他所以不离开我们，并不是没有缘故。

他爱把他的头倚在妈妈的胸间，他即使是一刻不见她，也是不行的。

孩子知道各式各样的聪明话，虽然世间的人很少懂得这些话的意义。

他之所以永不想说，并不是没有缘故。

他所要做的一件事，就是要学习从妈妈的嘴唇里说出来的话。那就是他之所以看来这样天真的缘故。

孩子有成堆的黄金与珠子，但他到这个世界上来，却像一个乞丐。

他之所以这样假装了来，并不是没有缘故。

这个可爱的小小的裸着身体的乞丐，之所以假装着完全无助的样子，便是想要乞求妈妈的爱的财富。

孩子在纤小的新月的世界里，是一切束缚都没有的。

他之所以放弃了他的自由，并不是没有缘故。

他知道有无穷的快乐藏在妈妈的心的小小一隅里，被妈妈亲爱的手臂所拥抱，其甜美远胜过自由。

孩子永不知道如何哭泣。他所住的是完全的乐土。

他之所以要流泪，并不是没有缘故。

虽然他用可爱的脸儿上的微笑，引逗得他妈妈的热切的心向着他，然而他的因为细故而发的小小的哭声，却编成了怜与爱的

这个可爱的小小的裸着身体的乞丐，之所以假装着完全无助的样子，便是想要乞求妈妈的爱的财富。

泰戈尔

双重约束的带子。

## 不被注意的花饰

啊，谁给那件小外衫染上颜色的，我的孩子，谁给你的温软的肢体穿上那件红的小外衫的？

你在早晨就跑出来到天井里玩儿，你，跑着就像摇摇欲跌似的。

但是谁给那件小外衫染上颜色的，我的孩子？

什么事叫你大笑起来的，我的小小的命芽儿？

妈妈站在门边，微笑地望着你。

她拍着她的双手，她的手镯叮当地响着，你手里拿着你的竹竿儿在跳舞，活像一个小小的牧童。

但是什么事叫你大笑起来的，我的小小的命芽儿？

喔，小乞丐，你双手攀搂住妈妈的头颈，要乞讨些什么？

喔，贪得无厌的心，要我把整个世界从天上摘下来，像摘一个果子似的，把它放在你的一双小小的玫瑰色的手掌上么？

喔，小乞丐，你要乞讨些什么？

风高兴地带走了你踝铃的叮当。

太阳微笑着，望着你的打扮。

当你睡在你妈妈的臂弯里时，天空在上面望着你，而早晨蹑手蹑脚地走到你的床跟前，吻着你的双眼。

风高兴地带走了你踝铃的叮当。

仙乡里的梦婆飞过朦胧的天空，向你飞来。

在你妈妈的心头上，那世界母亲，正和你坐在一块儿。

他，向星星奏乐的人，正拿着他的横笛，站在你的窗边。

仙乡里的梦婆飞过朦胧的天空，向你飞来。

## 偷睡眠者

谁从孩子的眼里把睡眠偷了去呢？我一定要知道。

妈妈把她的水罐挟在腰间，走到近村汲水去了。

这是正午的时候，孩子们游戏的时间已经过去了；池中的鸭子沉默无声。

牧童躺在榕树的荫下睡着了。

白鹤庄重而安静地立在檬果树边的泥泽里。

就在这个时候，偷睡眠者跑来从孩子的两眼里捉住睡眠，便飞去了。

当妈妈回来时，她看见孩子四肢着地地在屋里爬着。

谁从孩子的眼里把睡眠偷了去呢？我一定要知道。我一定要找到她，把她锁起来。

我一定要向那个黑洞里张望，在这个洞里，有一道小泉从圆的和有皱纹的石上滴下来。

我一定要到醉花[①]林中的沉寂的树影里搜寻，在这林中，鸽子在它们住的地方咕咕地叫着，仙女的脚环在繁星满天的静夜里叮当地响着。

我要在黄昏时，向静静的萧萧的竹林里窥望，在这林中，萤火虫闪闪地耗费它们的光明，只要遇见一个人，我便要问他："谁能告诉我偷睡眠者住在什么地方？"

谁从孩子的眼里把睡眠偷了去呢？我一定要知道。

只要我能捉住她，怕不会给她一顿好教训！

我要闯入她的巢穴，看她把所有偷来的睡眠藏在什么地方。

我要把它都夺来，带回家去。

我要把她的双翼缚得紧紧的，把她放在河边，然后叫她拿一根芦苇在灯芯草和睡莲间钓鱼为戏。



① 醉花：印度传说只有当美女口中吐出香液时，这花才会开放。

黄昏，街上已经收了市，村里的孩子们都坐在妈妈的膝上时，夜鸟便会讥笑地在她耳边说：“你现在还想偷谁的睡眠呢？”

## 开　始

“我是从哪儿来的，你，在哪儿把我捡起来的？”孩子问他的妈妈说。

她把孩子紧紧地搂在胸前，半哭半笑地答道——

“你曾被我当做心愿藏在我的心里，我的宝贝。

“你曾存在于我孩童时代玩的泥娃娃身上；每天早晨我用泥土塑造我的神像，那时我反复地塑了又捏碎了的就是你。

“你曾和我们的家庭守护神一同受到祀奉，我崇拜家神时也就崇拜了你。

“你曾活在我所有的希望和爱情里，活在我的生命里、我母亲的生命里。

“在主宰着我们家庭的不死的精灵的膝上，你已经被抚育了好多代了。

“当我做女孩子的时候，我的心的花瓣儿张开，你就像一股花香似的散发出来。

“你的软软的温柔，在我青春的肢体上开花了，像太阳出来之前的天空上的一片曙光。

“上天的第一宠儿，晨曦的孪生兄弟，你从世界的生命的溪流浮泛而下，终于停泊在我的心头。

“当我凝视你的脸蛋儿的时候，神秘之感淹没了我；你这属于一切人的，竟成了我的。

“为了怕失掉你，我把你紧紧地搂在胸前。是什么魔术把这世界的宝贝引到我这双纤小的手臂里来的呢？”

## 孩子的世界

我愿我能在我孩子自己的世界的中心，占一角清净地。

我知道有星星同他说话，天空也在他面前垂下，用它傻傻的云朵和彩虹来娱悦他。

那些大家以为他是哑的人，那些看去像是永不会走动的人，都带了他们的故事，捧了满装着五颜六色的玩具的盘子，匍匐地来到他的窗前。

我愿我能在横过孩子心中的道路上游行，解脱了一切的束缚；

在那儿，使者奉了无所谓的使命奔走于无史的诸王的王国间；

在那儿，理智以她的法律造为纸鸢而飞放，真理也使事实从桎梏中自由了。

# 责　备

为什么你眼里有了眼泪，我的孩子？

他们真是可怕，常常无谓地责备你！

你写字时墨水玷污了你的手和脸——这就是他们之所以骂你龌龊（wò chuò）的缘故么？

呵，呸！他们也敢因为圆圆的月儿用墨水涂了脸，便骂它龌龊么？

他们总要为了每一件小事去责备你，我的孩子。他们总是无谓地寻人错处。

你游戏时扯破了你的衣服——这就是他们说你不整洁的缘故么？

呵，呸！秋晨从它破碎的云衣中露出微笑，那么，他们要叫它什么呢？

他们对你说什么话，尽可以不去理睬他，我的孩子。

他们把你做错的事长长地记了一笔账。

谁都知道你是十分喜欢糖果的——这就是他们之所以称你做贪婪的缘故么？

呵，呸！我们是喜欢你的，那么，他们要叫我们什么呢？

## 审判官

你想说他什么尽管说罢，但是我知道我孩子的短处。

我爱他并不因为他好，只是因为他是我的小小的孩子。

你如果把他的好处与坏处两两相权一下，恐怕你就会知道他是如何的可爱吧？

当我必须责罚他的时候，他更成为我的生命的一部分了。

当我使他眼泪流出时，我的心也和他同哭了。

只有我才有权去骂他，去责罚他，因为只有热爱人的才可以惩戒人。

## 玩具

孩子，你真是快活呀，一早晨坐在泥土里，耍着折下来的小树枝儿。

我微笑地看你在那里耍着那根折下来的小树枝儿。

我正忙着算账，一小时一小时在那里加叠数字。

也许你在看我，想道：这种好没趣的游戏，竟把你的一早晨的好时间浪费掉了！

孩子，我忘了聚精会神玩耍树枝与泥饼的方法了。

我寻求贵重的玩具，收集金块与银块。

你呢，无论找到什么便去做你的快乐的游戏，我呢，却把我的时间与力气都浪费在那些我永不能得到的东西上。

我在我的脆薄的独木船里挣扎着要航过欲望之海，竟忘了我也是在那里做游戏了。

## 天 文 家

我不过说："当傍晚圆圆的满月挂在迦昙波[①]的枝头时，有人能去捉住它么？"

哥哥却对我笑道："孩子呀，你真是我所见到的顶顶傻的孩子。月亮离我们这样远，谁能去捉住它呢？"

我说："哥哥，你真傻！当妈妈向窗外探望，微笑着往下看我们游戏时，你也能说她远么？"

哥哥还是说："你这个傻孩子！但是，孩子，你到哪里去找一个大得能逮住月亮的网呢？"

我说："你自然可以用双手去捉住它呀。"

但是哥哥还是笑着说："你真是我所见到的顶顶傻的孩子！如果月亮走近了，你便知道它是多么大了。"

我说："哥哥，你们学校里所教的，真是没有用呀！当妈妈低

① 迦昙波：即昙花。

下脸儿跟我们亲嘴时，她的脸看来也是很大的么？”

但是哥哥还是说：“你真是一个傻孩子。”

## 云与波

妈妈，住在云端的人对我唤道——

“我们从醒的时候游戏到白日终止。

“我们与金黄色的曙光游戏，我们与银白色的月亮游戏。”

我问道：“但是，我怎么能够上你那里去呢？”

他们答道：“你到地球的边上来，举手向天，就可以被接到云端里来了。”

“我妈妈在家里等我呢，”我说，“我怎么能离开她而来呢？”

于是他们微笑着浮游而去。

但是我知道一件比这个更好的游戏，妈妈。

我做云，你做月亮。

我用两只手遮盖你，我们的屋顶就是青碧的天空。

住在波浪上的人对我唤道——

“我们从早晨唱歌到晚上；我们前进又前进地旅行，也不知我们所经过的是什么地方。”

我问道："但是，我怎么能加入你们队伍里去呢？"

他们告诉我说："来到岸旁，站在那里，紧闭你的两眼，你就被带到波浪上来了。"

我说："傍晚的时候，我妈妈常要我在家里——我怎么能离开她而去呢！"

于是他们微笑着，跳舞着奔流过去。

但是我知道一件比这个更好的游戏。

我是波浪，你是陌生的岸。

我奔流而进，进，进，笑哈哈地撞碎在你的膝上。

世界上就没有一个人会知道我们俩在什么地方。

## 金色花

假如我变了一朵金色花[①]，只是为了好玩，长在那棵树的高枝上，笑哈哈地在风中摇摆，又在新生的树叶上跳舞，妈妈，你会认识我么？

你要是叫道："孩子，你在哪里呀？"我暗暗地在那里匿笑，却一声儿不响。

我要悄悄地开放花瓣儿，看着你工作。

---

① 金色花：印度圣树，木兰花属植物，开金黄色碎花。译名亦作"瞻波伽"或"占博伽"。

当你沐浴后，湿发披在两肩，穿过金色花的林荫，走到你做祷告的小庭院时，你会嗅到这花的香气，却不知道这香气是从我身上来的。

当你吃过中饭，坐在窗前读《罗摩衍那》[1]，那棵树的阴影落在你的头发与膝上时，我便要投我的小小的影子在你的书页上，正投在你所读的地方。

但是你会猜得出这就是你的孩子的小影子么？

当你黄昏时拿了灯到牛棚里去，我便要突然地再落到地上来，又成了你的孩子，求你讲个故事给我听。

“你到哪里去了，你这坏孩子？”

“我不告诉你，妈妈。”这就是你同我那时所要说的话了。

## 仙人世界

如果人们知道了我的国王的宫殿在哪里，它就会消失在空气中的。

墙壁是白色的银，屋顶是耀眼的黄金。

皇后住在有七个庭院的宫苑里；她戴的一串珠宝，值得整整

①《罗摩衍那》：印度叙事诗，相传系蚁垤所作。全书分为七卷，共二万四千颂，皆系叙述罗摩生平之作。罗摩即罗摩犍陀罗。十车王之子，悉多之夫。他于第二世入世，为毗湿奴神第七化身。印度人看他为英雄，有崇拜他如神的。

七个王国的全部财富。

不过，让我悄悄地告诉你，妈妈，我的国王的宫殿究竟在哪里。

它就在我们阳台的角上，在那栽着杜尔茜花的花盆放着的地方。

公主躺在远远的隔着七个不可逾越的重洋的那一岸沉睡着。

除了我自己，世界上便没有人能够找到她。

她臂上有镯子，她耳上挂着珍珠；她的头发拖到地板上。

当我用我的魔杖点触她的时候，她就会醒过来，而当她微笑时，珠玉将会从她唇边落下来。

不过，让我在你的耳朵边悄悄地告诉你，妈妈：她就住在我们阳台的角上，在那栽着杜尔茜花的花盆放着的地方。

当你要到河里洗澡的时候，你走上屋顶的那座阳台来吧。

我就坐在墙的阴影所聚会的一个角落里。

我只让小猫儿跟我在一起，因为它知道那故事里的理发匠住的地方。

不过，让我在你的耳朵边悄悄地告诉你，那故事里的理发匠到底住在哪里。

他住的地方，就在阳台的角上，在那栽着杜尔茜花的花盆放着的地方。

## 流放的地方

妈妈，天空上的光成了灰色了；我不知道是什么时候了。

我玩得怪没劲儿的，所以到你这里来了。这是星期六，是我们的休息日。

放下你的活计，妈妈；坐在靠窗的一边，告诉我童话里的特潘塔沙漠在什么地方？

雨的影子遮掩了整个白天。

凶猛的电光用它的爪子抓着天空。

当乌云在轰轰地响着，天打着雷的时候，我总爱心里带着恐惧爬伏到你的身上。

当大雨倾泻在竹叶子上好几个钟头，而我们的窗户为狂风震得格格发响的时候，我就爱独自和你坐在屋里，妈妈，听你讲童话里的特潘塔沙漠的故事。

它在哪里，妈妈，在哪一个海洋的岸上，在哪些个山峰的脚下，在哪一个国王的国土里？

田地上没有此疆彼壤的界石，也没有村人在黄昏时走回家的，或妇人在树林里捡拾枯枝而捆载到市场上去的道路。沙地上只有一小块一小块的黄色草地，只有一株树，就是那一对聪明的老鸟儿在那里做窝的，那个地方就是特潘塔沙漠。

我能够想象得到，就在这样一个乌云密布的日子，国王的年轻的儿子，怎样地独自骑着一匹灰色马，走过这个沙漠，去寻找那被囚禁在不可知的重洋之外的巨人宫里的公主。

当雨雾在遥远的天空下降，电光像一阵突然发作的痛楚的痉挛似的闪射的时候，他可记得他的不幸的母亲，为国王所弃，正在扫除牛棚，眼里流着眼泪，当他骑马走过童话里的特潘塔沙漠的时候？

看，妈妈，一天还没有完，天色就差不多黑了，那边村庄的路上没有什么旅客了。

牧童早就从牧场上回家了，人们都已从田地里回来，坐在他们草屋的檐下的草席上，眼望着阴沉的云块。

妈妈，我把我所有的书本都放在书架上了——不要叫我现在做功课。

当我长大了，大得像爸爸一样的时候，我将会学到必须学的东西的。

但是，今天你可得告诉我，妈妈，童话里的特潘塔沙漠在什么地方？

# 雨　天

乌云很快地集拢在森林的黝黑的边缘上。

孩子，不要出去呀！

湖边的一行棕树，向暝暗的天空撞着头；羽毛零乱的乌鸦，静悄悄地栖在罗望子[①]的枝上，河的东岸正被乌沉沉的暝色所侵袭。

我们的牛系在篱上，高声鸣叫。

孩子，在这里等着，等我先把牛牵进牛棚里去。

许多人都挤在池水泛溢的田间，捉那从泛溢的池中逃出来的鱼儿；雨水成了小河，流过狭街，好像一个嬉笑的孩子从他妈妈那里跑开，故意要恼她一样。

听呀，有人在浅滩上喊船夫呢。

孩子，天色暝暗了，渡头的摆渡船已经停了。

天空好像是在滂沱的雨上快跑着；河里的水喧叫而且暴躁；妇人们早已拿着汲满了水的水罐，从恒河畔匆匆地回家了。

夜里用的灯，一定要预备好。

孩子，不要出去呀！

① 罗望子：原产于印度及热带非洲的一种乔木，果实有点像豆角，可以用作调味料。

到市场去的大道已没有人走，到河边去的小路又很滑。风在竹林里咆哮着，挣扎着，好像一只落在网中的野兽。

## 纸　船

我每天把纸船一个个放在急流的溪中。

我用大黑字写我的名字和我住的村名在纸船上。

我希望住在异地的人会得到这纸船，知道我是谁。

我把园中长的秀利花载在我的小船上，希望这些黎明开的花能在夜里被平平安安地带到岸上。

我投我的纸船到水里，仰望天空，看见小朵的云正张着满鼓着风的白帆。

我不知道天上有我的什么游伴把这些船放下来同我的船比赛!

夜来了，我的脸埋在手臂里，梦见我的纸船在子夜的星光下缓缓地浮泛前去。

睡仙坐在船里，带着满载着梦的篮子。

## 水　手

船夫曼特胡的船只停泊在拉琪根琪码头。

这只船无用地装载着黄麻，无所事事地停泊在那里已经好久了。

只要他肯把他的船借给我，我就给它安装一百只桨，扬起五个或六个或七个布帆来。

我决不把它驾驶到愚蠢的市场上去。

我将航行遍仙人世界里的七个大海和十三条河道。

但是，妈妈，你不要躲在角落里为我哭泣。

我不会像罗摩犍陀罗[①]似的，到森林中去，一去十四年才回来。

我将成为故事中的王子，把我的船装满了我所喜欢的东西。

我将带我的朋友阿细和我做伴，我们要快快乐乐地航行于仙人世界里的七个大海和十三条河道。

我将在绝早的晨光里张帆航行。

中午，你正在池塘里洗澡的时候，我们将在一个陌生的国王的国土上了。

我们将经过特浦尼浅滩，把特潘塔沙漠抛落在我们的后边。

当我们回来的时候，天色快黑了，我将告诉你我们所见到的一切。

我将越过仙人世界里的七个大海和十三条河道。

① 罗摩犍陀罗：即罗摩。他是印度叙事诗《罗摩衍那》中的主角。为了尊重父亲的诺言和维持弟兄间的友爱，他自愿抛弃了继承王位的权利，和妻子悉多在森林中被放逐了十四年。

# 对 岸

我渴想到河的对岸去。

在那边，好些船只一行儿系在竹竿上。

人们在早晨乘船渡过那边去，肩上扛着犁头，去耕耘他们的远处的田。

在那边，牧人使他们鸣叫着的牛游泳到河旁的牧场去。

黄昏的时候，他们都回家了，只留下豺狼在这满长着野草的岛上哀叫。

妈妈，如果你不在意，我长大的时候，要做这渡船的船夫。

据说有好些古怪的池塘藏在这个高岸之后。

雨过去了，一群一群的野鹜飞到那里去，茂盛的芦苇在岸边四围生长，水鸟在那里生蛋。

竹鸡带着跳舞的尾巴，将它们细小的足印印在洁净的软泥上。

黄昏的时候，长草顶着白花，邀月光在长草的波浪上浮游。

妈妈，如果你不在意，我长大的时候，要做这渡船的船夫。

我要自此岸至彼岸，渡过来，渡过去，所有村中正在那儿沐浴的男孩女孩，都要诧异地望着我。

太阳升到中天，早晨变为正午了，我将跑到你那里去，说道："妈妈，我饿了！"

一天完了，影子俯伏在树底下，我便要在黄昏中回家来。

我将永不同爸爸那样，离开你到城里去做事。

妈妈，如果你不在意，我长大的时候，要做这渡船的船夫。

## 花的学校

当雷云在天上轰响，六月的阵雨落下的时候，

润湿的东风走过荒野，在竹林中吹着口笛。

于是一群一群的花从无人知道的地方突然跑出来，在绿草上狂欢地跳着舞。

妈妈，我真的觉得那群花朵是在地下的学校里上学。

他们关了门做功课，如果他们想在散学以前出来游戏，他们的老师是要罚他们站壁角的。

雨一来，他们便放假了。

树枝在林中互相碰触着，绿叶在狂风里萧萧地响着，雷云拍着大手，花孩子们便在那时候穿了紫的、黄的、白的衣裳，冲了出来。

你可知道，妈妈，他们的家是在天上，在星星所住的地方。

你没有看见他们怎样地急着要到那儿去么？你不知道他们为什么那样急急忙忙么？

我自然能够猜得出他们是对谁扬起双臂来：他们也有他们的妈妈，就像我有我自己的妈妈一样。

## 商　人

妈妈，让我们想象，你待在家里，我到异邦去旅行。

再想象，我的船已经装得满满地在码头上等候启航了。

现在，妈妈，好生想一想再告诉我，回来的时候我要带些什么给你。

妈妈，你要一堆一堆的黄金么？

在金河的两岸，田野里全是金色的稻实。

在林荫的路上，金色花也一朵一朵地落在地上。

我要为你把它们全都收拾起来，放在好几百个篮子里。

妈妈，你要秋天的雨点一般大的珍珠么？

我要渡海到珍珠岛的岸上去。

那个地方，在清晨的曙光里，珠子在草地的野花上颤动，珠子落在绿草上，珠子被汹涌的海浪一大把一大把地撒在沙滩上。

树枝在林中互相碰触着，绿叶在狂风里萧萧地响着，雷云拍着大手，花孩子们便在那时候穿了紫的、黄的、白的衣裳，冲了出来。

泰戈尔

我的哥哥呢，我要送他一对有翼的马，会在云端飞翔的。

爸爸呢，我要带一支有魔力的笔给他，他还没有觉得，笔就写出字来了。

你呢，妈妈，我一定要把那个值七个王国的首饰箱和珠宝送给你。

## 同 情

如果我只是一只小狗，而不是你的小孩，亲爱的妈妈，当我想吃你的盘里的东西时，你要向我说“不”么？

你要赶开我，对我说道：“滚开，你这淘气的小狗”么？

那么，走罢，妈妈，走罢！当你叫唤我的时候，我就永不到你那里去，也永不要你再喂我吃东西了。

如果我只是一只绿色的小鹦鹉，而不是你的小孩，亲爱的妈妈，你要把我紧紧地锁住，怕我飞走么？

你要对我摇你的手，说道：“怎样的一个不知感恩的贱鸟呀！整夜地尽在咬它的链子”么？

那么，走罢，妈妈，走罢！我要跑到树林里去；我就永不再让你抱我在你的臂里了。

## 职　业

早晨，钟敲十下的时候，我沿着我们的小巷到学校去。

每天我都遇见那个小贩，他叫道："镯子呀，亮晶晶的镯子！"

他没有什么事情急着要做，他没有哪条街一定要走，他没有什么地方一定要去，他没有什么时间一定要回家。

我愿意我是一个小贩，在街上过日子，叫着："镯子呀，亮晶晶的镯子！"

下午四点，我从学校里回家。

从一家门口，我看得见一个园丁在那里掘地。

他用他的锄子，要怎么掘，便怎么掘，他被尘土污了衣裳，如果他被太阳晒黑了或是身上被打湿了，都没有人骂他。

我愿意我是一个园丁，在花园里掘地。谁也不来阻止我。

天色刚黑，妈妈就送我上床。

从开着的窗口，我看得见更夫走来走去。

小巷又黑又冷清，路灯立在那里，像一个头上生着一只红眼睛的巨人。

更夫摇着他的提灯，跟他身边的影子一起走着，他一生一次都没有上床去过。

我愿意我是一个更夫，整夜在街上走，提了灯去追逐影子。

## 长　者

妈妈，你的孩子真傻！她是那么可笑地不懂得事！

她不知道路灯和星星的分别。

当我们玩着把小石子当食物的游戏时，她便以为它们真是吃的东西，竟想放进嘴里去。

当我翻开一本书，放在她面前，在她读a、b、c时，她却用手把书页撕了，无端快活地叫起来；你的孩子就是这样做功课的。

当我生气地对她摇头，骂她，说她顽皮时，她却哈哈大笑，以为很有趣。

谁都知道爸爸不在家，但是，如果我在游戏时高声叫一声“爸爸”，她便要高兴地四面张望，以为爸爸真是近在身边。

当我把洗衣人带来载衣服回去的驴子当作学生，并且警告她说，我是老师，她却无缘无故地乱叫起我哥哥来。

你的孩子要捉月亮。

她是这样的可笑；她把格尼许[1]唤作琪奴许。

① 格尼许：印度神话中毁灭之神湿婆的儿子，象头人身。

妈妈，你的孩子真傻，她是那么可笑地不懂事！

## 小大人

我人很小，因为我是一个小孩子，到了我像爸爸一样年纪时，便要变大了。

我的先生要是走来说道："时候晚了，把你的石板、你的书拿来。"

我便要告诉他道："你不知道我已经同爸爸一样大了么？我决不再学什么功课了。"

我的老师便将惊异地说道："他读书不读书可以随便，因为他是大人了。"

我将自己穿了衣裳，走到人群拥挤的市场里去。

我的叔叔要是跑过来说道："你要迷路了，我的孩子，让我领着你吧。"

我便要回答道："你没有看见么，叔叔，我已经同爸爸一样大了？我决定要独自一个人到市场里去。"

叔叔便将说道："是的，他随便到哪里去都可以，因为他是大人了。"

当我正拿钱给我的保姆时，妈妈便要从浴室中出来，因为我是知道怎样用我的钥匙去开银箱的。

妈妈要是说道："你在做什么呀，顽皮的孩子？"

我便要告诉她道："妈妈，你不知道我已经同爸爸一样大了么？我必须拿钱给保姆。"

妈妈便将自言自语道："他可以随便把钱给他所喜欢的人，因为他是大人了。"

当十月里放假的时候，爸爸将要回家，他会以为我还是一个小孩子，为我从城里带了小鞋子和小绸衫来。

我便要说道："爸爸，把这些东西给哥哥罢，因为我已经同你一样大了。"

爸爸便将想了一想，说道："他可以随便去买他自己穿的衣裳，因为他是大人了。"

## 十二点钟

妈妈，我真想现在不做功课了。我整个早晨都在念书呢。

你说，现在还不过是十二点钟。假定不会晚过十二点罢；难道你不能把不过是十二点钟想象成下午么？

我能够容容易易地想象：现在太阳已经到了那片稻田的边缘

上了，老态龙钟的渔婆正在池边采撷香草作她的晚餐。

我闭上了眼就能够想到，马塔尔树下的阴影是更深黑了，池塘里的水看来黑得发亮。

假如十二点钟能够在黑夜里来到，为什么黑夜不能在十二点钟的时候来到呢?

## 著作家

你说爸爸写了许多书，但我却不懂得他所写的东西。

他整个黄昏读书给你听，但是你真懂得他的意思么?

妈妈，你给我们讲的故事，真是好听呀！我很奇怪，爸爸为什么不能写那样的书呢?

难道他从来没有从他自己的妈妈那里听见过巨人和神仙和公主的故事么?

还是已经完全忘记了?

他常常耽误了沐浴，你不得不走去叫他一百多次。

你总要等候着，把他的菜温着等他，但他忘了，还尽管写下去。

爸爸老是以著书为游戏。

如果我一走进爸爸房里去游戏，你就要走来叫道:“真是一个顽皮的孩子！”

如果我稍微出一点声音，你就要说:“你没有看见你爸爸正在工作么？”

老是写了又写，有什么趣味呢？

当我拿起爸爸的钢笔或铅笔，像他一模一样地在他的书上写着，a、b、c、d、e、f、g、h、i——那时，你为什么跟我生气呢，妈妈？

爸爸写时，你却从来不说一句话。

当我爸爸耗费了那么一大堆纸时，妈妈，你似乎全不在乎。

但是，如果我只取了一张纸去做一只船，你却要说：“孩子，你真讨厌！”

你对于爸爸拿黑点子涂满了纸的两面，污损了许多许多张纸，你心里以为怎样呢？

## 恶邮差

你为什么坐在那边地板上不言不动的？告诉我呀，亲爱的妈妈！

雨从开着的窗口打进来了，把你身上全打湿了，你却不管。

你听见钟已打四下了么？正是哥哥从学校里回家的时候了。

到底发生了什么事，你的神色这样不对？

你今天没有接到爸爸的信么？

我看见邮差在他的袋里带了许多信来，几乎镇里的每个人都分送到了。

只有爸爸的信，他留起来给他自己看。我确信这个邮差是个坏人。

但是不要因此不乐呀，亲爱的妈妈。

明天是邻村市集的日子。你叫女仆去买些笔和纸来。

我自己会写爸爸所写的一切信；使你找不出一点错处来。

我要从A一直写到K。

但是，妈妈，你为什么笑呢？

你不相信我能写得同爸爸一样好！

但是我将用心画格子，把所有的字母都写得又大又美。

当我写好了时，你以为我也像爸爸那样傻，把它投入可怕的邮差的袋中么？

我立刻就自己送来给你，而且一个字母、一个字母地帮助你读。

我知道那邮差是不肯把真正的好信送给你的。

## 英　雄

妈妈，让我们想象我们正在旅行，经过一个陌生而危险的国土。

你坐在一顶轿子里，我骑着一匹红马，在你旁边跑着。

是黄昏的时候，太阳已经下山了。约拉地希的荒地疲乏而灰暗地展开在我们面前，大地是凄凉而荒芜的。

你害怕了，想道："我不知道我们到了什么地方了。"

我对你说道："妈妈，不要害怕。"

草地上刺蓬蓬地长着针尖似的草，一条狭而崎岖的小道通过这块草地。

在这片广大的地面上看不见一只牛；它们已经回到它们村里的牛棚去了。

天色黑了下来，大地和天空都显得朦朦胧胧的，而我们不能说出我们正走向什么所在。

突然间，你叫我，悄悄地问我道："靠近河岸的是什么火光呀？"

正在那个时候，一阵可怕的呐喊声爆发了，好些人影子向我们跑过来。

你蹲坐在你的轿子里，嘴里反复地祷念着神的名字。

轿夫们怕得发抖，躲藏在荆棘丛中。

我向你喊道："不要害怕，妈妈，有我在这里。"

他们手里执着长棒，头发披散着，越走越近了。

我喊道："要当心！你们这些坏蛋！再向前走一步，你们就要送命了。"

他们又发出一阵可怕的呐喊声，向前冲过来。

你抓住我的手，说道："好孩子，看在上天面上，躲开他们罢。"

我说道："妈妈，你瞧我的。"

于是我刺策着我的马匹，猛奔过去，我的剑和盾彼此碰着作响。

这一场战斗是那么激烈，妈妈，如果你从轿子里看得见的话，你一定会发冷战的。

他们之中，许多人逃走了，还有好些人被砍杀了。

我知道你那时独自坐在那里，心里正在想着，你的孩子这时候一定已经死了。

但是我跑到你的跟前，浑身溅满了鲜血，说道："妈妈，现在战争已经结束了。"

你从轿子里走出来，吻着我，把我搂在你的心头，你自言自语地说道：

"如果我没有我的孩子护送我，我简直不知道怎么办才好。"

一千件无聊的事天天在发生，为什么这样一件事不能够偶然实现呢？

这很像一本书里的一个故事。

我的哥哥要说道："这是可能的事么？我老是在想，他是那么嫩弱呢！"

我们村里的人们都要惊讶地说道："这孩子正和他妈妈在一起，这不是很幸运么？"

# 告　别

是我走的时候了，妈妈，我走了。

当清寂的黎明，你在暗中伸出双臂，要抱你睡在床上的孩子时，我要说道："孩子不在那里呀！"——妈妈，我走了。

我要变成一股清风抚摸着你；我要变成水的涟漪，当你浴时，把你吻了又吻。

大风之夜，当雨点在树叶中淅沥时，你在床上，会听见我的微语，当电光从开着的窗口闪进你的屋里时，我的笑声也偕了它一同闪进了。

如果你醒着躺在床上，想你的孩子到深夜，我便要从星空向你唱道："睡呀！妈妈，睡呀。"

我要坐在各处游荡的月光上，偷偷地来到你的床上，乘你睡着时，躺在你的胸上。

我要变成一个梦儿，从你的眼皮的微缝中，钻到你睡眠的深处。当你醒来吃惊地四望时，我便如闪耀的萤火似的熠熠地向暗中飞去了。

当普耶节日[①]，邻舍家的孩子们来屋里游玩时，我便要融化在笛声里，整日地在你心头震荡。



① 普耶：意为"祭神大典"，这里的"普耶节"，是指印度十月间的"难近母祭日"。

亲爱的阿姨带了普耶礼[①]来，问道："我们的孩子在哪里，姊姊？"妈妈，你将要柔声地告诉她："他呀，他现在是在我的瞳仁里，他现在是在我的身体里，在我的灵魂里。"

## 召　唤

她走的时候，夜间黑漆漆的，他们都睡了。

现在，夜间也是黑漆漆的，我唤她道："回来，我的宝贝。世界都在沉睡，当星星互相凝视的时候，你来一会儿是没有人会知道的。"

她走的时候，树木正在萌芽，春光刚刚来到。

现在花已盛开，我唤道："回来，我的宝贝。孩子们漫不经心地在游戏，把花聚在一起，又把它们散开。你如走来，拿一朵小花去，没有人会发觉的。"

常常在游戏的那些人，仍然还在那里游戏，生命总是如此地浪费。

我静听他们的空谈，便唤道："回来，我的宝贝。妈妈的心里充满着爱，你如走来，仅仅从她那里接一个小小的吻，没有人会

① 普耶礼：普耶节这一天亲友相互赠送的礼物。

妒忌的。”

## 第一次的茉莉

呵，这些茉莉花，这些白的茉莉花！

我仿佛记得我第一次双手满捧着这些茉莉花，这些白的茉莉花的时候。

我喜爱那日光，那天空，那绿色的大地；

我听见那河水淙淙的流声，在漆黑的午夜里传过来；

秋天的夕阳，在荒原上大路转角处迎我，如新妇揭起她的面纱迎接她的爱人。

但我想起孩提时第一次捧在手里的白茉莉，心里充满着甜蜜的回忆。

我生平有过许多快活的日子，在节日宴会的晚上，我曾跟着说笑话的人大笑。

在灰暗的雨天的早晨，我吟哦过许多飘逸的诗篇。

我颈上戴过爱人手织的醉花的花圈，作为晚装。

但我想起孩提时第一次捧在手里的白茉莉，心里充满着甜蜜的回忆。

## 榕 树

喂，你站在池边的蓬头的榕树，你可会忘记了那小小的孩子，就像那在你的枝上筑巢又离开了你的鸟儿似的孩子？

你不记得他是怎样坐在窗内，诧异地望着你深入地下的纠缠的树根么？

妇人们常到池边，汲了满罐的水去，你的大黑影便在水面上摇动，好像睡着的人挣扎着要醒来似的。

日光在微波上跳舞，好像不停不息的小梭在织着金色的花毡。

两只鸭子挨着芦苇，在芦苇影子上游来游去，孩子静静地坐在那里想着。

他想做风，吹过你的萧萧的枝杈；想做你的影子，在水面上，随了日光而俱长；想做一只鸟儿，栖息在你的最高枝上；还想做那两只鸭，在芦苇与阴影中间游来游去。

## 祝 福

祝福这个小心灵，这个洁白的灵魂，他为我们的大地，赢得了天的接吻。

他爱日光，他爱见他妈妈的脸。

他没有学会厌恶尘土而渴求黄金。

紧抱他在你的心里，并且祝福他。

他已来到这个歧路百出的大地上了。

我不知道他怎么从群众中选出你来，来到你的门前抓住你的手问路。

他笑着，谈着，跟着你走，心里没有一点儿疑惑。

不要辜负他的信任，引导他到正路，并且祝福他。

把你的手按在他的头上，祈求着：底下的波涛虽然险恶，然而从上面来的风，会鼓起他的船帆，送他到和平的港口的。

不要在忙碌中把他忘了，让他来到你的心里，并且祝福他。

## 赠品

我要送些东西给你，我的孩子，因为我们同是漂泊在世界的溪流中的。

我们的生命将被分开，我们的爱也将被忘记。

但我却没有那样傻，希望能用我的赠品来买你的心。

你的生命正是青青，你的道路也长着呢，你一口气饮尽了我们带给你的爱，便回身离开我们跑了。

你有你的游戏，有你的游伴。如果你没有时间同我们在一起，如果你想不到我们，那有什么害处呢?

我们呢，自然的，在老年时，会有许多闲暇的时间，去计算那过去的日子，把我们手里永久失了的东西，在心里爱抚着。

河流唱着歌很快地流去，冲破所有的堤防。但是山峰却留在那里，忆念着，满怀依依之情。

## 我的歌

我的孩子，我这一支歌将扬起它的乐声围绕你的身旁，好像那爱情的热恋的手臂一样。

我这一支歌将触着你的前额，好像那祝福的接吻一样。

当你只是一个人的时候，它将坐在你的身旁，在你耳边微语着；当你在人群中的时候，它将围住你，使你超然物外。

我的歌将成为你的梦的翼翅，它将把你的心移送到不可知的岸边。

当黑夜覆盖在你路上的时候，它又将成为那照临在你头上的忠实的星光。

我的歌又将坐在你眼睛的瞳仁里，将你的视线带入万物的心里。

当我的声音因死亡而沉寂时，我的歌仍将在你活泼泼的心中唱着。

## 孩子天使

他们喧哗争斗，他们怀疑失望，他们辩论而没有结果。

我的孩子，让你的生命到他们当中去，如一线镇定而纯洁之光，使他们愉悦而沉默。

他们的贪心和妒忌是残忍的；他们的话，好像暗藏的刀，渴欲饮血。

我的孩子，去，去站在他们愤懑的心中，把你的和善的眼光落在它们上面，好像那傍晚的宽宏大量的和平，覆盖着日间的骚扰一样。

我的孩子，让他们望着你的脸，因此能够知道一切事物的意义；让他们爱你，因此他们能够相爱。

来，坐在无垠的胸膛上，我的孩子。朝阳出来时，开放而且抬起你的心，像一朵盛开的花；夕阳落下时，低下你的头，默默地做完这一天的礼拜。

## 最后的买卖

早晨，我在石铺的路上走时，我叫道："谁来雇用我呀？"

皇帝坐着马车，手里拿着剑走来。

他拉着我的手，说道："我要用权力来雇用你。"

但是他的权力算不了什么，他坐着马车走了。

正午炎热的时候，家家户户的门都闭着。

我沿着屈曲的小巷走去。

一个老人带着一袋金钱走出来。

他斟酌了一下，说道："我要用金钱来雇用你。"

他一个一个地数着他的钱，但我却转身离去了。

黄昏了，花园的篱上满开着花。

美人走出来，说道："我要用微笑来雇用你。"

她的微笑黯淡了，化成泪容了，她孤寂地回身走进黑暗里去。

太阳照耀在沙地上，海波任性地浪花四溅。

一个小孩坐在那里玩贝壳。

他抬起头来，好像认识我似的，说道："我雇你不用什么东西。"

从此以后，在这个小孩的游戏中做成的买卖，使我成了一个自由的人。

# 人生旅途

这是一首意境优美又富含哲理的散文诗，饱含了作者的人生感悟。

开篇，诗歌展现了一幅优美的画面：阳光、小路、路上的旅人，充满了诗意。而后，笔锋一转，由川流不息的行人联想到人生就如同旅行，但是在人生的旅途中要相信爱，追求爱。因为，只有爱才是支撑我们走下去的强大力量。也只有爱，人生才有意义。所以，最后作者把爱作为“川资”赠送给大家，希望人人都有一个美好的人生。

我在路边坐下来写作，一时想不起该写些什么。

树荫遮盖小路。路畔是我的小屋，窗户敞开着，第一束阳光跟随无忧树摇颤的绿影，走进来立在我面前，端详了我片刻，扑进我怀里撒娇，随后又溜到我的文稿上面。临别的时候，隐隐留下金色的吻痕。

黎明在我作品的四周展露；原野的鲜花，云霓的色彩，凉爽的晨风，残存的睡意，在我的书页里浑然交融；朝阳的爱抚在我手迹周遭青藤般地伸延。

我前面的行人川流不息。晨光为他们祝福，真诚地说："祝你们一路顺风。"鸟儿在唱吉利的歌曲。道路两旁，希望似的花朵竞相怒放。启程时人人都说："请放心，没有什么可怕的。"

浩瀚的宇宙为旅行顺利而高歌。光芒四射的太阳乘车驶过无垠的晴空。整个世界仿佛欢呼着天帝的胜利出现了。黎明笑吟吟的，臂膀伸向苍穹，指着无穷的未来，为世界指路。黎明是世界的希冀、慰藉，白昼的礼赞，每日开启东方金碧的门户，为人间携来天国的福音，送来汲取的甘露；与此同时，仙境琪花的芳菲唤醒凡世的花香。黎明是人世旅程的祝福，真心诚意的祝福。

人世行客的身影落在我的作品里。他们不带走什么。

他们忘却哀乐，抛下每一瞬间的生活的负荷。他们的欢笑悲啼在我的文稿里萌发幼芽。他们忘记他们唱的歌谣，留下他们的爱情。

是的，他们别无所有，只有爱。他们爱脚下的路，爱脚踩过的地面，企望留下足印。离别洒下的泪水润泽了立足之处。他们走过的路的两旁，盛开了新奇的鲜花。他们热爱同路的陌生人。爱是他们前进的动力，消除他们跋涉的疲累。人间美景和母亲的慈爱一样伴随着他们，召唤他们走出心境的黯淡，从后面簇拥着他们前行。

爱情若被锁缚，世人的旅程即刻中止。爱情若葬入坟墓，旅人就是倒在坟上的墓碑。就像船的特点是被驾御着航行，爱情不允许被幽禁，只允许被推着向前。爱情纽带的力量，足以粉碎一切羁绊。崇高爱情的影响下，渺小爱情的绳索断裂；世界得以运动，否则会被本身的重量压瘫。

当旅人行进时，我倚窗望见他们开怀大笑，听见他们伤心哭泣。让人落泪的爱情，也能抹去人眼里的泪水，催发笑颜的光华。欢笑、泪水、阳光、雨露，使我四周“美”的茂林百花吐艳。

爱情不让人常年垂泪。因一个人的离别而使你潸然泪下的爱情，把五个人引到你身边，爱情说：“细心察看吧，他们绝不比那离去的人逊色。”可是你泪眼蒙蒙，看不见谁，因而也不能爱。你甚至万念俱灭，无心做事，你向后转身木然地坐着，无意继续人生的旅程。然而爱情最终获胜，牵引你上路，你不可能永远把脸俯贴在死亡上面。

拂晓，满心喜悦动身的旅人。前往远方，要走很长很长的路。沿途没有他们的爱，他们走不完漫长的路。因为他们爱路，迈出每一步都感到快慰，不停地向前；也因为他们爱路，他们舍不得走，腿抬不起来，走一步便产生错觉：已经获得的大概今后再也得不到了。然而朝前走又忘掉这些，走一步消除一分忧愁。开初他们啜泣是由于惶恐，除此别无缘由。

你看，母亲怀里抱着婴儿走在人世的路上。是谁把母子联结在一起？是谁通过孩子引导着母亲？是谁把婴儿放在母亲怀里，道路便像卧房一样温馨？是爱变母亲脚下的蒺藜为花朵！可是母亲为什么误解？为什么觉得孩子意味着她“无限”的终结呢？

漫长的路上，凡世的孩子们聚在一起娱乐。一个孩子拉着母亲的手，进入孩子的王国——那里储藏着取之不竭的安慰。因着一张张细嫩的脸蛋，那里像天国乐园一般。他们快活地争抢天上的月亮，处处荡漾着欢声笑语的波澜。但是，你听，路的另一侧，可爱无助的孩子在啼哭！疾病侵入他们的皮肤，损坏花瓣似的柔软肢体。他们纤嫩的喉咙发不出声音；他们想哭，哭声消逝在喉咙里。野蛮的成年人用各种办法虐待他们。

我们生来都是旅人；假如万能的天帝强迫我们在无尽头的路上跋涉，假如严酷的厄运攥着我们的头发向前拖，作为弱者，我们有什么法子？启程的时刻，我们听不到威胁的雷鸣，只听见黎明的诺言。不顾途中的危险、艰苦，我们怀着爱心前进。虽然有时忍受不了，但有爱从四面八方伸过手来。让我们学会响应不倦的爱情的召唤，不陷入迷惘，不让残酷的压迫用锁链将我们束缚！

我坐在络绎不绝的旅人的哀泣和欢声的旁边，注视着，沉思着，深爱着。我对他们说：“祝你们一路平安，我把我的爱作为川资赠给你们。因为行路不为别的，是出于爱的需要。愿大家彼此奉献真爱，愿人们在旅途互相帮助。”

# 图 书 馆

作者由衷赞美图书馆，是因为这儿聚集了人类的文化，它可以给人智慧的启迪。既然是全人类的，当然包括世界各民族的文化，而民族之间的文化是平等的。

然而，作者感到孟加拉文化似乎缺席于世界大合唱。这并不是这块土地上缺少自然和人文的条件，而是殖民统治造成的。以下连续的反问，实际是对当时的殖民统治包括文化殖民的控诉，同时警醒和鼓舞孟加拉人振奋起来，摆脱殖民枷锁，“用语言讲述抱负”，把孟加拉文化融入世界。也只有这样，人类文化才是完美的。

谁如果锁住茫茫大海千百年的惊涛骇浪，使之像酣睡的婴儿一样悄无声息，那么，这静默的海浪可谓图书馆最贴切的比喻。图书馆里，语言是静寂的，流水是凝滞的，人类不朽的性灵之光，被乌黑字母的链子捆绑，投入纸页的大牢。无法预料他们什么时候举行暴动，打破死寂，焚毁字母的栅栏，冲到外面。好似喜马拉雅山头覆盖的冰川中拘禁着滔滔洪水，图书馆里也仿佛围堵着人心的江河。

人用电线禁锢电流，可有谁知道人把“声音”关在“静默”里！有谁知道人把歌曲、心中的希冀、清醒的灵魂的欢呼、神奇的天籁包在纸里！有谁知道人把“昔日”囚禁于“今日”！有谁知道人仅用一本本书在深不可测的岁月的海面上架起了一座壮丽的桥梁！

进入图书馆，我们伫立在千百条道路的交叉点上。有的路通往无边的海洋，有的路通往绵延的山脉，有的路向幽深的心底伸展。不管你朝哪个方向奔跑，都不会遇到障碍。在这小小的地方，软禁着人的自我解放。

如同海螺里听得见海啸，你在图书馆听见哪种心脏的跳动？这里，生者与死者同居一室；这里，辩护与反驳形影不离，就像孪生兄弟；这里，猜忌与坚信，探索与发现，身子挨着身子；这里，老寿星与短命人耐心而安宁地度日，谁也不歧视谁。

人的声音飞越河流、山峦、海洋，抵达图书馆。这声音是从亿万年的边缘传来的呵！来吧，这里演奏着光的生辰之歌。

最早发现天堂的伟人对聚集在四周的人说:“你们全是天堂的儿子，你们身居仙境阆苑。”伟人洪亮的声音变成各种文字，袅袅飘过千年，在图书馆里回响。

我们在孟加拉①的原野上难道没有什么需要表达的吗？我们不能为人类社会送去一则喜讯？在世界大合唱里，唯独孟加拉保持沉默？

我们脚边的沧海没有什么话对我们倾吐？我们的恒河不曾从喜马拉雅山脉携来盖拉莎②的仙曲？我们头上没有无垠的蓝天？天幕上繁星书写的无穷岁月的灿烂文字被人抹掉了？

过去、现在、国内、国外，每天给我们送来人类各民族的许多信函，我们只能在两三份蹩脚的英文报纸上发表文章作为答复？其他国家在无垠的时空背景上镌刻自己的名字，孟加拉人的姓名只配写在申请书的副本上？人的灵魂同可憎的命运展开搏斗，世界各地吹响的号角呼唤着战士；我们却成天为菜园里竹架上悬吊的葫芦打官司、上诉？

沉默了多年，孟加拉大地的生命已经充实了。让它用自己的语言讲述抱负吧，融汇了孟加拉人的心声，世界之歌将更加动听！

---

① 孟加拉：原本为印度的一部分，现在是独立的孟加拉国，首都达卡。
② 盖拉莎：大神湿婆所居住的山的名字。

进入图书馆，我们伫立在千百条道路的交叉点上。有的路通往无边的海洋，有的路通往绵延的山脉，有的路向幽深的心底伸展。

泰戈尔

# 季 节

作者从季节的职能差异的角度，将各个季节拟人化，并把印度四大种姓作为季节的代表，形象地描写了各个季节的特点。他将处于最下层的首陀罗种姓比喻为春季和秋季，我们知道，春季和秋季是美好的季节，这体现了作者对平民阶层的赞许和热爱。

雨季或许是作者最喜欢的季节，因为文章的后半部分大篇幅地描述了雨季的品性。雨季之所以应该受人尊敬，是因为它给自然万物带来了生机，滋润了田地、果园，为收获默默地做着贡献。

想想看，你觉得什么季节才是最美好的？

季节的差异不独是色彩的差异，也是职能的差异，不同色彩混杂的现象时有发生。杰斯塔月（公历五月至六月）的棕褐乱发，飘入斯拉万月（公历七月至八月）的云层，飘着飘着变成了黛青色。帕尔衮月（公历二月至三月）的葱绿中，年迈的布萨月（公历十二月到一月）企图延长枯黄。然而在自然法则的王国里，这些反常现象难以持久。

夏季可称为“婆罗门”①，他遏制绿色快乐的扩展，踢飞枯叶，点燃祭火，进行寻求抑欲之路的苦修。当他诵毕吠陀经文，凝神屏息，天气异常闷热，枝叶不动；但徐徐呼气时，大地瑟瑟抖颤，水果是他的主食食品。

称雨季为“刹帝利”不算过时。他的开路先锋隆隆地敲击鼙鼓，他头缠阴云的头巾，威武地莅临。他不满足于蝇头小利，征服乾坤是他的壮志。他奋勇厮杀，占领茫茫天宇，成为八方天地的首领。一行行棕榈树下淡蓝的雾岚里，听得见他的战车嘎嘎行驶。他的弯刀不时拔出刀鞘，刺入“方向”的胸膛。他的箭壶里装着取之不竭的神箭。他的脚凳铺着草绿绸缎。头上葱郁密叶的华盖垂着一绺绺金色花的璎珞，身旁立着被擒获的东方女神，含着眼泪，用喷洒过花汁的纨扇为他扇风，手镯上嵌的闪电灼灼闪光。

冬季是吠舍种姓。稻谷熟了，他起早贪黑，收割、打场，忙

---

① 婆罗门：印度四大种姓之一，其他三个依次为刹帝利、吠（fèi）舍、首陀罗。四大种姓依次代表祭司、武士、商人、平民。

的不可开交。原野的花篮里盛着绿豆、豌豆、荞麦丰收的喜讯。一群黄牛趴卧在牧场上反刍。场院里竹锣装满粮食。码头上满载的货船即将起航。木轮车在土路上缓慢地行进。家家户户响起舂米的声音，准备欢庆米糕节。

以上谈了三种主要种姓。至于首陀罗种姓，不言而喻是秋季和春季了。前者为冬天后者为夏天提兜拎包。这体现了自然与人类的区别。自然界里，侍奉意味着美，谦恭是光荣的同义词。自然的殿堂里，首陀罗种姓绝不低贱；承担责任者拥有全部饰物。秋天的蔚蓝披巾缀有叶状的金饰。春天芳香的鹅黄纱巾印着姹紫嫣红的繁花。她们穿着多彩的绣鞋在阡陌上漫步，臂钏、耳环、戒指上镶嵌着数不胜数的宝石。

至此介绍了五个季节。人们常说一年六季，那纯粹是为了弄双配对罢了。他们不知道单数中酿成自然的千姿百态。用2去除365天——头两个数字36，除得尽，最后的小数字5，可不好摆弄。成双成对的太多了，不免令人厌倦。所以不知从哪儿跑出一个3来，撼动一大串2，奏响乐调繁复的歌曲。宇宙的圣殿里，单数这魔鬼不让偶数的天国昏睡，并破坏仙伎优哩婆湿[①]足铃的节奏。天宫音乐会上调整紊乱的节奏时，韵律的乐趣之泉喷涌而出。

一年分六季当然也是有道理的。吠舍种姓人被踢到三种主

① 优哩婆湿，印度古代神话名剧《优哩婆湿》的主人公。

要种姓的底层，但他们的人数众多，构成庞大的社会基层。从这个角度而言，一年最主要的是秋季和冬季，这两季拥有完满的丰收。农作物成熟的秘密过程，贯穿所有的季节，表现出来的则是在秋、冬两季。因而人们视野开阔地观察它们，看到年份的少年、青年、老年的三个形象和成就。它在秋季身着新装，炫人眼目；在雾季遍野显示成熟的刚健之美。冬季，它的果实装满家家户户的箩筐。

人们本可以将秋季、雾季、冬季合并为一个季节，没有这样做是因为他们喜欢层次分明地观察自己的收获。期望的东西是一个，把它反复抚养是一种享受。一张票面大的纸币携带方便，换成同样价值的厚厚一沓，可以得到心理上的满足。故而人们分解了收获的季节。秋季、雾季、冬季里有庄稼的宝库，家庭主妇的寓所由三部分组成。林木的家庭主妇只有内宅、外宅两部分——春季和夏季。帕尔衮月芒果树开花，杰斯塔月芒果成熟。春天闻到香气，夏天品尝果实。

一年当中，只有雨季孤单无伴。他与夏季毫无共同之处；夏季贫困，而他富有。秋季的境遇也与他迥然不同。秋季拍卖了全部财物，河流、田野、码头等全已写在他人名下。债务人大多忘恩负义。

人们从不剖析雨季，是因为无论从哪个角度说，雨季与人的家庭关系并不密切。诚然，全年的水果、作物依仗他的恩泽，但他并无足够的资财去宣扬自己的奉献。他不像秋季那样在旷野、河埠、果园大肆宣传自己如何慷慨大方。既然不存在直接的施纳关系，人们对雨季便不抱收获的希望了。

雨季是没有需求的季节。实际上，他的一切需求是被音乐、嬉闹、幽暗、光亮、活跃和肃穆掩盖了。在印度，雨天意味着休息，是赋闲的时光。

印度每个季节都有一两个节日，想看到哪个季节奇妙地占有她的心，就应在音乐里做一番调查，因为音乐泄露内心的隐秘。

严格地说，只有春季和雨季拥有乐曲。在音乐典籍里，可以为每个季节提供乐曲，那是理论上的认识。至于广为流传的，我们知道，春季有帕桑特调和巴哈尔调，雨季有梅格调、穆拉尔调、德斯调，等等。在歌曲的村庄举行选举，雨季必定大获全胜。

诗魁迦梨陀娑迎接雨季，为雨季戴上他的曼达格朗特韵律的永不枯萎的花环。一些平日忙碌的人揶揄那是无稽之谈。在他们看来，云纱飘拂、雨铃叮当的月份，脱离了一切事情的束缚。它凉荫遮盖的时辰的篮子里，装的尽是闲话的物品。他们的想法并不荒唐。假如人们冲出杂事的圈子，在臆想的天宫赢得席位，畅饮闲聊的美酒，而雨季这仙童在棕色发髻上挂着素馨花花串，负责往他们的玉盅里斟酒，那么，让我们欢迎乌黑的雨云，对它致以崇高的敬意！那么，来吧，所有的闲人，所有富于幽默感和想象力的人！雷雨的长鼓已经敲响，来吧，所有热血沸腾的人，远处传来了狂舞的号召！饱含人世千古离愁的泪泉已开始奔流，冲决重重阻碍，来吧，忠贞的情女，家务事的小屋已经上锁，通往集市的路上杳无人迹，在道道闪电的陪伴下上路吧！从花香浮荡的林地，湿风带来了消息；绿荫斑驳的藤架下，坐着世代苏醒的期待。

# 美

这是一篇谈审美的散文诗。面对黄昏、夕阳、和煦的晚风，作者感到了“一种博大的美”，并由此联想开去，祖先们对大自然的美景是虔诚的，他们“注望美中涌溢的快乐”。我们也应以纯洁的眼光来欣赏大自然的美景，抛弃人的好恶，去认识真实的美，崇高的美。另外，人可以发现大自然的美而不容易发现人的美，这是人的情感偏颇造成的。其实，大自然也有不完美之处，我们只有把局部融入整体去观察，才能欣赏到美——“整体即美”。总之，只有客观地看待大自然，客观地看待人，客观地认识世界，才能懂得美，理解美，才能看见潜藏的欢乐。

夕阳坠入地平线，西天燃烧着鲜红的霞光，一片宁静轻轻落在梵学书院娑罗树的枝梢上，晚风的吹拂也弛缓起来。一种博大的美悄然充溢我的心头。对我来说，此时此刻，已失落其界限。今日的黄昏延伸着，延伸着，融入无数时代前的邈远的一个黄昏。在印度的历史上，那时确实存在隐士的修道院，每日喷薄而出的旭日，唤醒一座座净修林[①]中的鸟啼和《娑摩吠陀》的颂歌。白日流逝，晚霞鲜艳的恬静的黄昏，召唤终年为祭火提供酥油的牛群，从芳草萋萋的河滨和山麓归返牛棚。在印度那淳朴的生活，肃穆修行的时光，在今日静谧的暮天清晰地映现。

我忽然想起，我们的雅利安祖先，一天也不曾忽视一望无际的恒河平原上日出和日落的壮丽景象。他们从未冷漠地送别晨夕和晚祷。每位瑜伽行者和每家的主人，都在心中热烈欢迎迷人的景色。他们把自然之美迎进了祭神的庙宇，以虔诚的目光注望美中涌溢的欢乐。他们抑制着激动，稳定着心绪，将朝霞和暮色融入他们无限的遐想。我认为，他们在河流的交汇处，在海滩，在山峰上欣赏自然美景的地方，不曾营造自己享受的乐园；在他们开辟的胜地和留下的名胜古迹中，人与神浑然一体。

暮空中萦绕着我内心的祈祷：愿我以纯洁的目光瞻仰这美的伟大形象，不以享乐思想去黯淡、去贬低世界的美，要学会以虔

① 净修林：森林之中的修行地。

诚使之愈加真切和神圣。换句话说，要弃绝占有它的妄想，心中油然萌发为之献身的决心。

我又觉得，认识到真实的美、美的崇伟，不是件容易的事。我们摈弃许多东西，把厌烦的许多东西推得远远的，对许多矛盾视而不见，在合乎心意的狭小范围内，把美当作时髦的奢侈品。我们妄图让世界艺术女神沦为婢女，羞辱她，失去了她，同时也丧失了我们的福祚。

撇开人的好恶去观察，世界本性并不复杂，很容易窥见其中的美和神灵。将察看局部发现的矛盾和形变掺入整体之中，就不难看到一种恢宏的和谐。

然而，我们不能像对待自然那样对待人。周围的每一个人离我们太近，我们以特别挑剔的目光夸大地看待他的瑕疵。他短时的微不足道的缺点，在他们的感情中往往变成非常严重的过错。贪欲、愤怒、恐惧、忧愁妨碍我们全面地看人，而让我们在他人的小毛病中摇摆不定。所以我们很容易在寥廓的暮空发现美，而在俗人的世界却不容易发现。

今日黄昏，不费一点力气，我们见到了宇宙的美妙形象。宇宙的拥有者亲手把完整的美捧到我们的眼前。如果我们仔细剖析，进入它的内部，扑面而来的是数不清的奇迹。此刻，无垠的暮空的繁星间飞驰着火焰的风暴，若容我们目睹其一部分，必定目瞪口呆。用显微镜观察我们前面那株姿态优美的斜倚星空的大树，我们能看清许多脉络，许多虬须，树皮的层层褶皱，枝丫的某些部位干枯、腐烂，成了虫豸的巢穴。站在暮空俯瞰人世，映入眼帘的一切，都有不完美和不正常之处。然而，不抛弃一切，广收博纳，卑微的，受挫的，变态的，全部拥抱着，世界坦荡地展示自己的美。整体即美，美不是荆棘包围的窄圈里的东西，造物主能在静寂的夜空毫不费力地向世人昭示。

强大的自然力的游戏惊心动魄，可我们在暮空却看到它是那样宁静，那样绚丽。同样，伟人一生经受的巨大痛苦，在我们眼里也是美好的，高尚的。我们在完满的真实中看到的痛苦，其实不是痛苦，而是欢乐。

我曾说过，认识美需要克制和艰苦的探索，空虚的欲望宣扬的美，是海市蜃楼。

当我们完美地认识真理时，我们才真正地懂得美。完美地认识了真理，人的目光才纯净，心灵才圣洁，才能不受阻挠地看见世界各地蕴藏的欢乐。

# 脚走出来的路

这是一条普普通通的家乡小路，路边有田地，有树，还伴随着河流、埠头，从山间到平原，从这村到那村，无垠地蜿蜒着。路的周边生活着勤劳朴实的人民，形成了它的繁忙。时间流逝，人世更替，而路还是默默地躺在那儿，伴随着人们生活，记载着世事沧桑。

通过对平凡的小路的描写，作者表达了这方土地上人的生活的历史厚重感，给人以智慧的启示。

## 一

这是脚走出来的一条路。它从树林里出来，奔向田野，从田野通向河岸，来到渡口附近的榕树下。然后它从河对岸断裂的台阶拐向村里；而后经过亚麻地，穿过芒果园中的树阴，绕过荷花池畔，沿着大车道的边缘，不知通向哪个村落。

在这条路上，曾经走过多少人哪！有的人越过我，有的人和我并肩而行，有的人只从远处现出了身影；有的人披着面纱，有的人则容颜袒露；有的人前去汲水，有的人则提着水罐返回村舍。

## 二

现在白昼已经逝去，黑夜降落。

有一天，我曾经觉得，这条路是属于我的，完全属于我的；可是，现在我才发现，我带来了只能沿着这条路走一次的命令，此外，再也没有什么。

越过柠檬村对面的那个池塘，经过有十二座庙宇的河边台阶，经过河滩、粮仓、牛舍——不能再回到那有着熟悉的目光、话语、相貌的住所！“原来是这样啊！”这是一条前进的路，而不是一条后退的路。

今天，在这朦胧的黄昏中，我再次回首反顾，我发现这条路就是一本被遗忘的歌集，歌词就是人们的足迹，而歌调就是那晨歌的乐曲。

有多少人在这条路上走过呀！这条路，在它自己那唯一的画面上，简要地描绘出他们生活中的所有往事；这幅画面，从太阳升起的方向通向太阳降落的地方，从一扇金灿灿的大门通向另一扇金灿灿的大门。

## 三

“噢，脚走出来的路啊！请你不要把那长久以来发生的许多往事积埋在你的尘土上，请你对我悄悄诉说！”

路，用食指指向那漆黑的夜幕，沉默不语。

“噢！脚走出的路啊！这么多行人的这么多忧思，这么多希望，都在哪里？”

无声的路，还是沉默不语。它只是从日出到日落，默默地暗示。

“噢！脚走出的路啊！那天落在你胸脯上面的落花般的足迹，今天为何无处寻觅？”

路，难道晓得自己的重点吗？凋谢的花和无声的歌，已在那里飘落，星光照耀下的永不熄灭的苦难灯节，也在那里庆贺。

# 云 使

这首散文诗，写的是一对恋人的离情别绪。虽然写的是离愁，但也极富生活情趣。“爱情的一半是相会”，“另一半却是分离”，人们往往为“相会”的一半而快乐，却忽略了另一半，当“分离”的一半到来时，便陷入了痛苦的忧愁之中。那么，与其为分离而悲戚痛苦，还不如敞开胸怀，放飞歌声，寄托云使来传达自己的爱意。就让那天宇亲吻大地的新雨来冲刷心中的愁苦！

## 一

相会的第一天竹笛奏了什么曲？

她吹奏道：“我那位远方的人，来到了我的身边。”

竹笛还唱述道：“要说保留，我在保留着无法保留的东西；要说获得，我可以获得被抛弃的一切。”

那么，后来竹笛为什么在白天不吹奏乐曲了？

因为有一半含义被我忘却。我只记得她在我的身边，可是没有想到她远在千里。爱情的一半是相会，这我见过，但爱情的另一半却是分离，这却是我没有见过的。再也看不到那遥远的永不满足的幽会；近在咫尺的屏障已经树起。

两个人之间，横亘着无垠的天宇；在那里一片寂寞，在那里没有话语。只有用笛声去填补那巨大的寂寞。如果没有辽阔天宇的罅隙，竹笛就不会奏起乐曲。

横在我们之间的那块天宇跨入了黑暗，在那里充满每天的劳作、话语，充满每天的恐惧、贫穷、忧虑。

## 二

一个月夜，和风习习。我坐在床上，毫无睡意，心里感到痛苦悲戚。我记起来了，近在身边的那个人，已被我丢失。

这种分离如何结束呢？这可是她与我的永恒的分离。

日暮，我下班回到家里，谁和我叙谈呢？她只不过是人世间千百万人中的一个：可以了解她，可以认识她，可是她已经耗尽自己。

然而，我那位没有耗尽自己的人，我那位唯一的亲人在哪里呢？我到哪个无边的希望之岸再重新找到她呢？

我再一次重新同她交谈是在什么时候，是在哪一个充满浓重的茉莉花香的悠闲的黄昏呢？

## 三

这时节，新雨出现在东方大地，宛如肥大的青色长袍在漂移。于是我想起了诗人吴久伊尼的话语。我仿佛觉得那是在向我的爱人派遣云使。

就让我的歌声飞翔吧！让它飞越那近在咫尺而又远在天涯的难以逾越的异国去吧！

然而，这样一来，我的歌声就必须逆着时间而行，就让它追溯到我们第一次相会的那一天吧！那一天充满了悲怆的笛声；那一天宇宙的潇潇细雨与永恒春天的一切芬芳气息，一切哀痛哭泣都交织在一起了；那一天凯多基花丛发出了深切的叹息，纱尔花的枝叶表现了激昂的自我献身精神。

在无人的湖畔，在椰子树的密林里，雨声淅沥；请雨后把我的话语送到我爱的人的耳朵里，她大概正在那里束起发髻，将纱丽缠在腰间，忙着做家务呢。

## 四

就让这新雨带着天宇和大地婚礼的祝词降落在我们的离别上吧。让深藏在我爱人心中那些无法表达的话语，像突然弹响的琴弦一样，发泄出来吧！就让她那宛如远处林缘般颜色的碧绿的纱丽披在她的头上吧。让所有云雨的音符在她那双炯炯的目光中鸣响吧。愿那个编到她发辫上的贝库尔花环更加绚丽！

竹林里的幽暗伴着蝉鸣渐渐浓重，冷风吹拂的灯火颤抖着熄灭了，这时候她离开她所眷恋的世界，在我那颗孤独之心清醒的夜晚，沿着那弥漫着湿润芳草气息的林间小路走了。

# 话 语

在这首诗中，作者描绘了一个倔强的女孩子，这鲜明的形象有如雕像一般呈现在读者面前。这似乎是对女性解放的呼唤。面对“女人们是有限天地里的因陀拉妮”的现实，作者以博大胸怀和丰富的想象力，塑造了这个平凡而不驯的女孩形象，启示人们：作为生灵的人，不分男女，都应有做人的尊严和地位。

文题曰“话语”，其实整首散文诗都是通过描写小女孩的行动来表达的，行动就是话语。或许，作者认为，用行动说话更符合当时的现实环境。

## 一

天上的乌云，变成了一颗颗雨滴，降临大地，可谓是向大地投诚哩！女人们就像雨滴一样，不知从何方来到世界上，成为尘世的阻力。

对她们来说，天地太小了，男人也太少了。她们只能把自己的言论、痛苦、忧虑等一切统统限制在狭小的天地里。所以，她们头上蒙着面纱，手上戴着镯子，在院子的四周筑起墙壁。女人们是有限天地里的因陀拉妮[1]。

然而，不知哪位神仙开了个玩笑，于是这个小姑娘便带着无穷的不安，降生在我们的邻里。妈妈气呼呼地叫她“魔鬼”，爸爸笑着叫她“疯子”。

她犹如一泓清泉，穿越权势的礁石，奔流而去。她的那颗心，宛如竹林顶端的枝叶，只是在瑟瑟地颤抖呢。

## 二

今天我看见，这个倔强的女孩依着凉台上的栏杆，在那里默默伫立。说她像雨后的彩虹，那是很贴切的。她那双黑黑的大眼睛，今天却显得呆痴，好像雨天被淋湿翅膀的小鸟，立在豆马尔

① 因陀拉妮：印度古代神话传说中的女神，因陀罗的爱妻。

树枝上。

我从来没见过她这样呆木。我觉得，她仿佛是一条奔腾的小溪，突然流到一个地方，变成了一泓静谧的水池。

## 三

几天前，炎热的统治十分凶猛；大地的容颜暗淡，凄惨；树叶枯萎、变贫，丧失了生的希望。

这时候，几朵闲散疯癫的乌云，突然在天边扎下营盘。

一缕血红的落日余晖，宛如一把宝剑，从剑鞘里直射出来。

夜半更深，我看到门扉在猛烈地抖动。暴风雨揪住城市的束发，把它从梦中唤醒。

我起来一看，小巷里的灯光在密雨中显得十分昏暗，就像是醉汉的眼睛。透过潇潇的细雨，庙里的钟声在空中回荡。

早晨，雨丝更密；太阳还没有升起。

## 四

我们邻居的那个女孩，冒着这样的风雨，扶着凉台上的栏杆，默默伫立。

她的妹妹来到她面前，说："妈妈在叫你。"她只是使劲地摇

我们邻居的那个女孩，冒着这样的风雨，扶着凉台上的栏杆，默默伫立。

泰戈尔

了摇头，发辫也随着摆动起来；她的弟弟拿着纸船，来拉她的手，她却把手抽了回去。弟弟开始拉她去玩耍，可她却打了弟弟一下。

## 五

雨仍在下。暮色更浓。小女孩仍然呆木地立在那里。

在远古时代创造出来的口，是用雨的言辞与风的音调讲出第一句话的。亿万年过去了，那被忘记的昔日话语，今天又用雨声来呼唤这个女孩呢。那呼声唤语，越过一切樊篱，在外面徐徐消逝。

有过多少伟大的时代，有过多少伟大的人世！又有多少生灵在世界的多少个时代中欢快地繁衍生息！何等久远，何等辽阔！透过云影和雨声，在这个不驯服的小姑娘的脸上，我们看到了这一切。

她合上那双大眼睛，静静地立着，宛如无限时代的楷模。

# 竹　笛

一支小小的竹笛，十分平常的乐器，然而在这位大诗人的笔下，却能生出如许感悟：“熟悉的东西并不是真理，而真理则是不熟悉的东西。”

这是一种反讽，是作者从娶亲场面得到的感悟。笛声尽管热闹、欢乐，但它只负责把陌生的新娘迎进陌生的人家。把眼前的热闹、今后的渺茫当作婚姻的真理，显然，这不是作者所提倡的“以爱情为基础”的婚姻观。婚姻是男女双方相知相亲的生活的开端，意味着今后共同面对和经历生活中的坎坷而获得幸福，这应该是人人都明白的道理。

竹笛的话语，是永恒的话语；它源于湿婆①束发的恒河流水，每天都流经大地的胸田；它宛如仙界之子，在和死者灰烬的戏要中从天而落。

我立在路旁，倾听着笛声；我不能理解当时我怀着一种什么样的心情。我本想把这种痛苦融会在那熟悉的苦乐之中，但它们都未能融会。我发现，它比那熟悉的微笑还清晰，比熟悉的眼泪还深沉。

我还发现，熟悉的东西并不是真理，而真理则是不熟悉的东西。这种奇怪的感受是怎么产生的呢？这用言语是无法回答的。

今天早晨，我一起来就听见那娶亲的人家吹响了竹笛。

平时每天的笛声和这婚礼第一天的笛声有何相似之处呢？隐蔽的不满，深沉的失望；藐视、傲慢、疲惫；缺乏起码的信心，丑恶的无谓争吵，无法饶恕的冲撞，生活中习以为常的贫穷——所有这一切，又怎么能用竹笛的仙语表达出来呢？

歌声从人世之巅，将所有熟悉的语言帷幕突然撕破。永恒的新郎和新娘，蒙着殷红而羞涩的头巾来相会，而这头巾正是在这笛声中被徐徐地揭去。

那边，竹笛奏起了交换花环的乐曲；这边，我望了一眼这位新娘。她颈上挂着金项链，脚腕上戴着两只脚镯，她仿佛伫立在

① 湿婆：印度教和婆罗门教主神之一，是毁灭之神、苦行之神和舞蹈之神。

泪湖之中一朵欢乐的莲花之上。

笛声赞美她成为新家的一员，然而对她却还不了解。姑娘从那熟悉的家园来到这里，做了这陌生人家的媳妇。

竹笛说，这才是真理。

# 黄昏和黎明

黄昏和黎明是两个不同的时刻，黄昏是一天的结束，而黎明是一天的开始。在这两个时刻中，人们的活动也不一样。

作者通过仔细观察，发挥了丰富的想象，描绘了自然景色和人的活动。这边是黄昏，那边就是黎明，符合地球自转的自然规律。这边的人日落而息了，那边的人日出而作了，同样说明了人的活动规律。

作者通过对黄昏和黎明不同景象的描绘，生出一种如诗如画的感觉，给人以美的享受。

这里，黄昏已经降临。太阳神哟，你那黎明现在沉落在哪个国度、哪个海滨？

这里，晚香玉[1]在黑暗中微微颤动，宛如披着面纱的新娘，羞涩地立在新房之门；清晨之花——金香木[2]，又在哪里争芳斗妍？

这里，家家的柴扉紧闭；那里，户户的窗户洞开。这里，船靠岸，渔民入睡；那里，和风扬起了篷帆。

人们离开客店，面向东方走去；晨光映在他们的脸上，他们的渡河之资至今还没有偿还。一双双黑黑的眼睛，透过路旁的一扇扇窗子，含着怜悯的渴望，正在凝视着他们的背影。大路在他们面前打开了朱红的请帖：“一切都为你们准备就绪。”随着他们心潮的节奏，胜利之鼓已经擂响。

这里，所有的人都乘坐这日暮之舟向黄昏的晚霞中渡去。

在客店的院子里，他们铺下破衣烂衫，倒下来栖身。有的孤独一人，有人还带着疲惫的伴侣。在黑暗中，无法看清前面的路上是什么，现在他们只是悄声细语地谈论着所经过的路上发生的事。交谈的话语中断了，继而一片沉寂；然后，他们从院子里抬头仰望，北斗七星正悬挂在天宇。

---

① 晚香玉：人们常说的夜来香，白色花朵，香气浓郁。夜晚的香气更浓。
② 金香木：又称黄兰，是一种高大的乔木，橙黄色花朵。

太阳神哟，这个黄昏立在你的左侧，而那个黎明却在你的右边伸展腰肢。请你让它们联合起来吧！让这黄昏的阴影和朝霞的光辉互相拥抱和亲吻吧！让这黄昏之曲为那黎明之歌祝福吧！

# 小　巷

一条普通的市井小巷，在作者笔下都是那么富有诗意。作者用拟人化的手法，使小巷在不同的气候变化中发出不同的感叹，这实际上表达了生活在这条小巷里的人们的心情。站在巷中只能看见一条天带，只有中午能见到短时的阳光，雨天路滑，屋檐水流下注，南风一起尘土飞扬，等等，既让人感到小巷幽深的宁静，也让人感到诸多的不便。但是，生活照样要继续下去，所以尊重现实就是“真理”。这就是小巷带来的哲理。

我们这条用石头铺成的小巷，弯弯曲曲，一会儿向右，一会儿向左，仿佛有一天出来寻觅什么东西。但是，不论它拐向什么方向，它总会遇到一些障碍。这边板房林立，那边楼户高耸，前面屋宇鳞次栉比。

只要你抬头仰望，你就会看见，上边是一条天宇的宽带——它和小巷一样狭窄，它同小巷一样曲折。

小巷询问这狭窄的天带："请问姐姐，你是哪座蔚蓝都市里的小街？"

中午，它在短暂的时间里看见了太阳，于是它就默默地对自己讲："我一点儿都不明白，这是什么地方。"

两排楼房之间上空的雨云，渐渐变得浓重，就好像有人用铅笔涂掉了这条小巷中的一块光明。雨水在它的石路面上涓涓流淌，雨滴发出击鼓般的声响，宛如要蛇时节一样。路很滑，行人的伞时而互相碰擦；一股水流，突然从屋檐上跳到行人的伞上，致使他们十分惊讶。

小巷感叹道："要是干旱该多好哇！为什么要无缘无故地不断下雨呢？"

在帕尔衮月，南风就像一位不幸的人，突然间闯进小巷，顿时纸屑飘舞，尘土飞扬。小巷气馁地说："这一定是哪位疯癫的仙人醉得发狂！"

这条小巷的两侧，每天都堆积着各种垃圾——鱼鳞、炉灰、菜叶、死老鼠。小巷知道，这一切都是现实。即便健忘，它也从来不会这样想:“这一切都是为了什么？”

然而，当秋阳映在屋顶的晒台上，当祭祀的钟声当当敲响，小巷心里立刻感到:“在这条石头砌成的道路之外，也许还存在某种伟大之光！”

这里，时间在流逝；阳光宛如忙碌的主妇的一角纱丽，从楼房的肩上滑落到小巷的边缘；时钟正打响九下；女仆挟着篮子从市场上回来了；厨房里的炊烟和香气，充满了小巷；那里，人们在匆匆地赶路。

小巷当时又在想:“这条石头砌成的道路上，一切都是真理。而我认为：伟大的东西，只不过是一种幻想。”

# 最初的悲痛

这篇散文诗是作者与过去的自己的一次对话。他回忆着自己二十五岁时的激情，“不要安慰、只要悲痛”，体现了年轻人的进取精神。而随着时间的流逝，这种精神似乎已经消磨了。

尽管整篇诗歌只是现在的“我”和曾经的“我”的一次对话，但在诗人笔下，对话语言却被描绘得异常优美。他把自己二十五岁时的青春比作一个花环，最后，这个花环被戴在了自己的身上，也就是说，现在的“我”恢复了二十五岁时的青春，所不同的是“悲痛”变成了“安乐”。

也许只有等我们老了，回首往事时，才更能领悟这篇散文诗的真谛。

过去的一条林荫道，今天已长满了芳草。

在这个无人之地，有人突然从背后说道："你认不出我了吧？"

我转过身来，望着她的脸，说道："我还记得，不过无法确切地叫出你的名字。"

她说道："我是你那个很久以前的、那个二十五岁时的悲痛。"

她的眼角里闪耀着晶莹的光泽，宛如平湖中的一轮明月。

我木然地立着。我说："从前，我看你就像斯拉万月的云朵，而今天你倒像阿斯温月[①]的金色雕像。难道说你把昔日的所有眼泪都丢弃了么？"

她什么也没有讲，只是微笑着；我明白，一切都蕴含在那微笑里。雨季的云朵学会了秋季赛福莉花的微笑。

我问道："我那二十五年的青春，莫非至今还保存在你的身边？"

她回答说："你看我颈子上的这挂项链，不就是么？"

我看到，那昔日春天的花环，一片花瓣也没有凋落。

于是我说："我的一切都已衰老，可是挂在你颈子上的我那二十五年的青春至今都没有枯萎。"

她慢慢地摘下那个花环，把它戴在我的颈子上，说："还记得么？那时候你说过，你不要安慰，你只要悲痛。"

我羞愧地说："我说过。可是，后来又过了许多岁月，然后不

① 阿斯温月：印历六月，相当于公历九月、十月之间。

知何时又把它忘却。”

她说道：“心灵的主宰者是不会把它忘却的。我至今仍然隐坐在树荫下。你应当崇敬我。”

我把她的手放在我的手上，说：“我难道就是你的动人的形象么？”

她回答说：“过去的悲痛，今天已经变成安乐。”

# 小 议

这首散文诗很可能写于1919年开始的印度第二次民族解放运动时期。整首诗分三个章节，表达了作者愤慨——失望——希望的心路历程。殖民者侵略镇压的行径，毁坏了人们长期以来营造的家园，让人痛苦。当失去理性的人——“动物”胜利了，而且要实行长期的殖民统治，让这片土地上生活着的善良的人们对前景感到失望。而当“我”看到带刺的树上开着一朵花时，眼前一亮，感到了希望，反殖民统治的民族解放运动发展起来了，七弦琴也要弹奏乐曲。

这首散文诗表现了作者对印度全民族的命运和世界形势风云变化的关注。

现在我明白了，人们用非正义之火把自己未来的所有时光都烧成了灰烬，使它变成了黑蒙蒙的颜色，一日春天降临，那里就不会再萌发新叶。

很久以来，人们就准备着一个宝座。那个宝座向人们报告说，他们的神仙将要光临寒舍，神仙已经出发上路了。

人们发狂的时候，捣毁了长期准备的宝座，那时候圣地上那个被毁坏的祭坛说：“没有一点儿希望了，谁也不会再来了。”

旷日持久的准备当时已经毁灭。那时节，从四面八方传来了喊声：“胜利了，动物胜利了！”

我当时听人们说：“今天什么样，明天也就什么样。时间就像戴着眼罩的一头公牛，永远绕着同一架榨油机转动，发出同一种悲惨的叫声。这就叫创造。创造就是盲人的哭泣。”

心灵说：“那是为什么呀！就让歌声立刻停止吧！现在只有背负重担的争吵，再也没有满怀希望的歌声。”

从童年起望着那条路，我心里就一再感触到欢迎曲的气息——看到那条路在倾听着地平线的絮语，我就明白了，战车已经从彼岸出发——今天我凝望着那同一条路：我觉得，那里既没有行人的语声，也没有任何房舍。

七弦琴说：“如果在漫长的道路上没有我乐曲的伴侣，那么就把我抛到路旁去吧。”

当时我望着路旁。我惊奇地看到，一棵带刺的树立在尘埃中；树上只开着一朵花。

我叫了起来："哎呀！那就是足迹呀！"

当时我看到，地平线在同宇宙窃窃耳语；当时我看到，它正在注视着苍天。当时我看到，在月光下棕榈树的叶子在瑟瑟抖动；透过竹林的缝隙，月光仿佛在向湖水眨眼示意。

道路说："不要害怕。"

我的七弦琴说："请弹奏乐曲。"

# 生命与心灵

当裹挟着生命的躯体奔波于物欲横流的世界时，人的追求或许会因膨胀而横生贪欲，浮躁的心灵会让人们难以宁静下来。这篇散文诗，却能给人十分有益的启示。

从心灵与生命的对话中，你能认识到：心灵累了，生命会失去光彩。所以，人要学会让拼搏的心灵休息一下，宁静下来，找回“宇宙之初的乐土”。中国古代圣贤也留下了“淡泊明志，宁静致远”的哲理警句。让心灵更完美，使生命更出彩，这是古今中外的哲人们追求的境界，也是全人类应该思考和实践的做人准则。

## 一

我的窗前是一条红土路。

路上辚辚地移动着载货的牛车；绍塔尔族姑娘头顶着一大捆稻草去赶集，傍晚归来，身后甩下一大串银铃般的笑声。

而今我的思绪不在人走的路上驰骋。

我一生中，为各种难题愁闷的、为各种目标奋斗的年月，已经埋入往昔。如今身体欠佳，心情淡泊。

大海表面波涛汹涌，安置地球卧榻的幽深的底层，暗流把一切搅得混浊不清。当波浪平息，可见与不可见、表面与底层处于充分和谐的状态时，大海是平静的。

同样，我拼搏的心灵憩息时，我在心灵深处获得的所在，是宇宙元初的乐土。

在行路的日子里，我无暇关注路边的榕树，而今我弃路回到窗前，开始和他接触。

他凝视着我的脸，心里好像非常着急，仿佛在说："你理解我吗？"

"我理解，理解你的一切。"我宽慰他，"你不必那么焦急。"

宁静恢复了片时，等我再度打量他时，他显得越发焦灼，碧绿的叶片飒飒摇颤，灼灼闪光。

我试图让他安静下来，说："是的，是这样，我是你的游伴。

千百年来，在泥土的游戏室里，我和你一样一口一口吮吸阳光，分享大地甘美的乳汁。”

我听见他中间陡然起风的声响。他开口说：“你说得对。”

在我心脏血液的流动中回荡的语音，在光影中无声地旋转的音籁，化为绿叶的沙沙声，传到我的身边。这话音是宇宙的官方语言。

它的基调是：我在，我在，我们同在。

那是莫大的欢乐，那欢乐中宇宙的原子、分子瑟瑟抖颤。

今日，我和榕树操同一种语言，表达心头的喜悦之情。

他问我：“你果真回来了？”

“哦，挚友，我回来了。”我即刻回答。

于是，我们有节奏地鼓掌，欢呼着：“我在，我在”。

## 二

我和榕树倾心交谈的春天，他的新叶是嫩黄的，从高天遁来的阳光通过他的无数叶缝，与大地的阴影偷偷地拥抱。

六月阴雨绵绵，他的叶子变得和云霭一样沉郁。如今，他的叶丛像老人成熟的思维那样稠密，阳光再也找不到渗透的通道。以往他像贫苦的少女，如今则似富贵的少妇，心满意足。

今天上午，榕树脖子上绕着二十圈绿宝石项链，对我说：“你为什么头顶砖石，坐在那里？像我一样走进充实的空间吧。”

我说:“人自古拥有内外两部分。”

“我不明白你的意思。”榕树摇摇身子。

我进一步解释:“我们有两个世界——内在世界与外在世界。”

榕树惊叫一声:“天哪，内在世界在哪儿呢？”

“在我的模具里。”

“在里面做什么？”

“创造。”

“模具里进行创造，这话太玄奥了。”

“如同江河被两岸夹持，”我耐心地阐述，“创造受模具的制约，一种素材注入不同的模具，或成为金刚石，或成为榕树。”

榕树把话题扯到我身上:“你的模具是什么形状，请描述一番。”

“我的模具是心灵，落入其间的，变成丰繁的创造。”

“在我们的日月之侧，能够稍稍显示你那封闭的创造吗？”榕树来了兴致。

“日月不是衡量创造的尺度。”我说得十分肯定，“日月是外在物。”

“那么，用什么测量它呢？”

“用快乐，尤其是用痛苦。”

榕树说:“东风在我耳畔的微语，在我心里激起共鸣。而你这番高论，我实在无法理解。”

“怎么使你明白呢……”我沉吟片刻，“如同你那东风被我们捕获，带入我们的领域，系在弦索上，它就从一种创造抵达另一种创造。这创造在蓝天，或在哪一个博大心灵的记忆的天空获得席位，我不得而知，好像有一个情感的不可测量的天空。”

“请问它年寿几何？”

“它的年寿不是事件的时间，而是情感的时间，所以不能用数字计算。”

“你是两种天空、两种时间的生灵，你太怪诞了，你内在的语言，我听不懂。”

“不懂就不懂吧。”我无可奈何。

“我外在的语言，你能正确地领会吗？”

“你外在的语言衍变为我内在的语言，要说懂的话，它意味着称之为歌便是歌，称之为想象便是想象。”

三

榕树伸展着他所有的枝丫对我说：“停一停，你的思绪飞得太远，你的议论太无边际了。”

我觉得他言之有理，说：“我来找你本是为了宁谧，但由于恶习难改，闭着嘴话却从嘴唇间泄流出来，跟有些人睡着走路一样。”

我掷掉纸和笔，直直地望着他，他油亮青葱的叶子，犹如名演员的纤指，快速弹着光之琴弦。

我的心灵忽然问道："你目睹的和我思索的，两者的纽带何在？"

"住嘴！"我一声断喝，"不许你问这问那！"

我目不转睛地看着他。时光潺潺流逝。

"怎么样。你悟彻了么？"榕树末了问。

"悟彻了。"

## 四

一天悄然逝去。

翌日，我的心灵问我："昨天，你凝望着榕树说悟彻了，你悟彻了什么？"

"我躯壳里的生命，在纷乱的愁思中变得混浊了。"我说，"要观瞻生命的纯洁面目，必须面对碧草，面对榕树。"

"你看见了什么？"

"我看见太初的生命包孕纯正的欢愉。他非常仔细地剔除了他的绿叶、花朵、果实里的糟粕，奉献丰富的色彩、芳香和甘浆。因而我望着榕树默默地说，'哦，树王，地球上诞生的第一个生命发出的欢呼声，至今在你的枝叶间荡漾。元古时代质朴的笑容，在你的叶片上闪烁。在我的躯壳里，往日囚禁在忧思的

榕树伸展着他所有的枝丫对我说：“停一停，你的思绪飞得太远，你的议论太无边际了。”

泰戈尔

牢笼里的元初的生命，此刻极其活跃，你召唤它：来呀，走进阳光，走进柔风，跟我一道携来形象的彩笔，色泽的钵盂，甜汁的金觞。'”

我的心灵沉默片时，略为伤感地说：“你谈论生命，口若悬河，可为什么不有条不紊地阐明我搜集的材料呢？”

“何用我阐明！它们以自己的喧嚣、吼叫震惊天宇。它们的负载、复杂性和垃圾，压痛了地球的胸脯。我思之再三，不知何时是它们的极终。它们一层层垒积多少层，一圈圈打多少个死结，答案在榕树的叶子上。”

“噢——告诉我答案是什么！”

“榕树说，没有生命之前，那些材料不过是一种负担、一堆废物。由于生命的触摸，材料浑然交融，呈现为完整的美。你看，那美在树林里漫步，在榕树的凉荫里吹笛。”

## 五

渺远的一天的黎明。

生命离弃昏眠之榻，上路奔向未知，进入无感知世界的德邦塔尔平原[1]。那时，他没有丝毫倦意和忧愁，他王子般的装束未沾

① 德邦塔尔平原：印度神话中的平原。

染灰尘，没有腐蚀的黑斑。

细雨霏霏的上午，我在榕树中间看见不倦的、坦荡的、健旺的生命。他摇舞着枝条对我说："谨向你致敬！"

我说："王子啊，介绍一下与沙漠这恶魔激战的情况吧。"

"战斗非常顺利，请你巡视战场。"

我举目四望，北边芳草萋萋，东边是绿油油的稻田，南边堤坝两侧是一行行棕榈树，西边红松、椰子树、穆胡亚树、芒果树、黑浆果树、枣树茂密交杂，郁郁葱葱，遮蔽了地平线。

"王子啊，你功德无量。"我赞叹着，"你是娇嫩的少年，可恶魔老奸巨猾，心狠手辣。你年幼力单，你的箭囊里装的是短小的箭矢；可恶魔是庞然大物，他的盾牌坚韧，棒棍粗硬。然而，我看见处处飘扬着你的旌旗，你脚踏着恶魔的脊背，岩石对你臣服，风沙在投降书上签字。"

他显露诧异之色："你在哪儿见到如此动人的情景？"

我说："我看见你的阵营以安详的形态出现。你的繁忙身着憩息的衣服，你的胜利有一副温文尔雅的风度；所以修道士坐在你的树荫下，学习轻易获胜的咒语和轻易达成权力分配的协议的方法。你在树林里开设了教授生命如何发挥作用的学校；所以倦乏的人在你的绿荫里休息，颓唐的人来寻求你的指教。"

听着我的颂赞，榕树内的生命欣喜地说："我前去同沙漠这恶魔作战，与我的胞弟失去了联系，不知他在何处进行怎样的战斗。刚才你好像提到过他。”

“是的，我称他为心灵。”

“他比我更加活跃，他不满意任何事情。你能告诉我那不安分的胞弟的近况吗？”

“可以讲一些。”我说，“你为生存而战，他为获取而战，远处进行着一场为了舍弃的战斗。你与僵死作战，他与贫乏作战，远处进行着一场为了积蓄的战斗。战斗日趋复杂，闯入战阵的寻不到出阵的路，胜败难卜。在这迷惘的彷徨之际，你的绿旗高喊‘胜利属于生命’，给战士以鼓舞。歌声越来越高亢，在乐曲的危机中，你朴实的琴弦鼓励道：‘别害怕，别害怕！我已谱写了乐曲的基调——太初的生命的乐调。一切疯狂的调子，以美的复唱形式，融合在欢乐的歌声中，所有的获取和赋予。如花儿开放，似果实成熟。’”

# 十七年

这首散文诗是作者对自己前十七年成长经历的回顾和反思，或者说是人生感悟。显然，作者对这十七年的生活经历很留恋，用“她”来称代，就像对情人似的思恋。这十七年，有花香，有晨星，有暮鼓，伴随着自己成长，养成了纯洁的心灵。这时的作者对自己十分了解，可谓达成了生命与心灵的高度和谐。而又过了十七年后，往昔的和谐已经失散，心灵似乎也找不到归宿，过往已找不回来了。这让作者感慨无限。

我是她十七年的相识。

多少交往，多少会晤，多少畅谈！

她有过多少梦想，多少暗示，多少推断。

启明星的光辉有时伴着她，打破凌晨的酣睡，茉莉花的清香有时充满了六月的黄昏。

有时响起了暮春时节疲惫的鼓乐声；十七年来，这一切都深深地织进了她的心里。

而且，每当我们相会，她总是呼唤我的名字。回答她呼唤的人不是造物主的独自创造，而是在对她十七年的了解过程中成长起来的。

有时是在景仰中，有时是在藐视中；有时是在工作中，有时是在闲暇里；有时是在大庭广众之中，有时是在背地里。

只是在对一个人的默默了解之中，我这个人才成长起来。

后来，又过了十七年。

但是往昔的白昼，往昔的黑夜，在系圣线的时候却一个也碰不见了，它们都已经失散。

然而它们每天都在问我：“我们将在何处安歇？是谁把我们唤来，将我们包围着？”

我无法回答，只是默默地坐在那里思索。可是它们却乘风飞去。

它们说：“我们出去探索。”

“探索什么？”

它们自己也不知道去探索什么，所以，时而飞向这边，时而飞向那边；就像傍晚不协调的行云潜入黑暗中，我再也看不见它们的身影。

# 一　天

这儿写了一个十分平常的生活场景，作者抓住这一场景，尽情地发挥想象，揭示了一个生活的真理：“历史上的国王、皇帝和战争、起义，很容易被忘记。但是，那天中午的一小块时光，犹如难得的宝石一样，深藏在时间的宝盒里。”作者以小见大，把这一生活情景提升到哲理的高度，给人以启示。

我还记得那一天的中午，绵绵雨丝显得很疲惫，一阵强风吹来，它就更加狂怒。

室内阴暗，我无心工作。于是我操起琴，伴雨而歌。

她从隔壁房间里出来，默默地走到门前。然后她又折回去。她又一次来到外边，在那里伫立着。而后又慢慢地走回屋里，坐下来。她手里拿着针线活儿，凝望着窗外那些隐约可见的树木。

雨停了，我的歌声也已沉默。她站起身来，梳理着自己的头发。

除此之外，再也没有什么。只有那一天的中午，将雨声、歌声、昏暗和闲散融为一体。

历史上的国王、皇帝和战争、起义，很容易被忘记。但是，那天中午的一小块时光，犹如难得的宝石一样，深藏在时间的宝盒里。对此，只有我们两人知悉。

# 思考题

1.“如果错过了太阳时你流了泪，那么你也要错过群星了。”这句诗出自哪个集子？你对这句诗是怎么理解的？

2.“不要因为你自己没有胃口，而去责备你的食物。”这句诗想告诉我们什么？

3.《飞鸟集》之中，你最喜欢的一首诗是什么？说说你对这首诗的理解。

4.如果用一个词语概括《飞鸟集》的风格，你觉得最恰当的是什么？

5.《新月集》的“新月”象征着什么呢？

6.《新月集》中出现最多的角色是什么？你最喜欢其中的哪一首？

7.读了《季节》这首散文诗，你对一年四季有了什么看法？

8.请按照《小巷》的写作手法，选取一样你熟悉的事物，进行换位思考，写一篇文章。

9.读了《黄昏和黎明》，你对黄昏和黎明的到来是否有了新的期待？

10.《生命与心灵》告诉了我们一个什么道理？请仔细阅读，并写出150字的读后感，与老师和同学分享。